세상S 현대 판타지 장편소설
WISHBOOKS MODERN FANTASY STORY

 6

세상S 현대 판타지 장편소설

초판 1쇄 찍은 날 | 2018년 12월 12일
초판 1쇄 펴낸 날 | 2018년 12월 19일

지은이 | 세상S
펴낸이 | 예경원

기획 | 위시북스
편집책임 | 이규재
편집 | 위시북스

펴낸곳 | 예원북스
등록번호 | 제396-2012-000132호
등록일자 | 2012. 7. 25
KFN | 제1-342호

주소 | 경기도 고양시 일산동구 호수로 646-24 위너스21II빌딩 206A호 (우)10401
전화 | 031-819-9431 팩스 | 031-817-9432
E-mail | yewonbooks@naver.com

ISBN 979-11-89701-04-8 04810
      979-11-89348-96-0 (set)

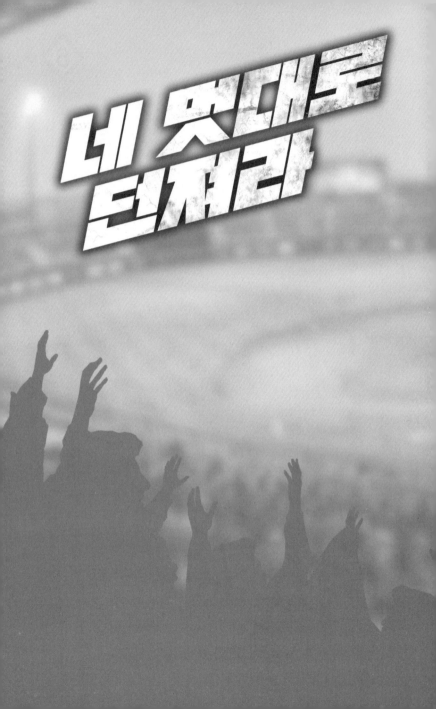

CONTENTS

32장

프리미어 12(1)

I.

선동인 국가대표 감독을 필두로 한 운영진 회의가 시작되었다. 이들의 주제는 국가대표 선발과 구현진이었다.

첫 번째로 구현진에 관한 회의를 시작했다.

한 선수 선발 위원이 볼펜으로 탁자를 톡톡 치며 말했다.

"이러면 구현진을 뽑을 수 없지 않습니까?"

"맞습니다. 이건 이미지상 안 됩니다."

"하지만 직접 확인해 보니 아니라고 하더군요. 조만간 경찰에서도 무혐의라고 결론을 내릴 것 같다고 하고요."

"이보세요. 본인이 아무리 아니라고 해도, 무죄라고 판명이 나더라도, 아닌 건 아니에요. 이미 마약이라는 단어가 구현진 앞에 따라다녀요. 무엇보다 시즌 중에 클럽을 갔다는 자체가 우리 정서상 맞지 않아요."

"당분간 국민들도 인정하지 않을 것입니다."

가만히 의자에 앉아 듣고 있던 선동인 국가대표 감독이 말했다.

"일단 보류 선수로 분류해 놓죠. 나중에 여론이 잠잠해지면 그때는……."

"이보세요, 선 감독! 구현진은 안 된다니까요."

"알고 있습니다. 하지만 구현진이라면 더욱 노력할 겁니다. 충분히 활약해서 좋은 모습을 보여준다면 이런 여론도 잠잠해질 겁니다. 무엇보다 여기 계신 위원들께서는 우리 야구팀이 이기는 것이 중요하지 않겠습니까. 프리미엄 12에서 우승하기 위해서는 구현진의 힘이 절대적으로 필요합니다. 만약 우승하지 못한다면 그 비난은 누구에게 올 것이라 생각하십니까?"

"어험!"

"거참……."

선수선발 위원들도 알고 있었다. 그 비난의 화살이 누구에게로 향할지 말이다.

"일단 시간은 많이 남아 있습니다. 그동안 구현진이 활약해준다면 사람들도 차차 진실을 받아들일 겁니다. 제1회 우승국답게 이번에도 우승해야 하지 않겠습니까."

선동인 국가대표 감독의 말에 모든 위원이 입을 다물었다.

그리고 구현진은 일단 보류 선수 명단에 포함되었다.

올스타 브레이크가 끝나고 구현진은 공을 던지기 시작했다.

시뮬레이션 투구를 하며 무뎌진 실전 감각을 끌어올렸다.

구현진은 생각했던 것보다 공이 손에 착착 감기는 것을 느꼈다.

그 모습을 본 담당 의사가 고개를 끄덕였다.

"괜찮네요."

"얼마나 걸릴까요?"

구현진의 물음에 담당 의사가 피식 웃었다.

"너무 예민해서 감각이 얼마나 돌아왔을지 모르겠지만 본인 하기에 달렸습니다. 열심히 재활하면 금방 복귀할 수 있을 겁니다."

"네, 알겠습니다."

구현진의 손은 많이 회복된 상태였다. 그런 만큼 실전 감각을 올리는 것에 초점을 맞췄다.

에인절스 역시 그런 구현진을 세밀하게 하나하나 살폈다.

마이크 오노 감독은 구현진의 상태를 매일 보고 받아 체크해 나갔다.

그리고 오늘 회의를 열었다.

"우선 마이너리그에 내려서 테스트를 해봐야 하지 않겠습니까? 아니면 불펜에서 한 번 던지게 하는 것이 좋을까요?"

곰곰이 생각하던 마이크 오노 감독이 결단을 내렸다.

"이제 와서 구현진을 마이너리그에 내린다는 것은 말이 안 되지. 이렇듯 열심히 했으니까 일단 메이저리그에서 지켜보세."

"예."

그렇게 회의를 마치고 7월 말이 되었다.

에인절스가 크게 지고 있는 경기에 구현진이 5회 초에 올라왔다. 물론 실전 감각을 올리기 위한 등판이었다.

그날 구현진은 5회를 깔끔하게 막아냈다. 비록 승리 투수는 되지 못했지만 무실점으로 상대를 틀어막았다.

에인절스는 3 대 7로 패했다.

다만 구현진이 돌아왔다는 것을 확인했다는 일 하나만은 분명 큰 수확이었다.

클럽 하우스를 나온 구현진은 곧바로 인터뷰를 하게 되었다.

"오늘 5회 초부터 나와 던졌는데 어땠습니까?"

"오늘 컨디션은 좋았습니다. 공도 생각했던 곳으로 들어가 주었고요."

"부상 당한 엄지손가락 상태는 좀 어떠신가요?"

"보시다시피 엄지손가락의 움직임도 괜찮습니다. 문제없습니다."

"부상 전과 비교했을 때 컨디션은 어느 정도라 할 수 있을까요?"

"정말 많이 올라왔습니다. 몇 이닝이라도 소화할 수 있습니다."

"요즘 구에 대한 안 좋은 소문도 많이 들렸습니다. 현재 심정에 대해 한마디 해주실 수 있으실까요?"

"솔직히 저 스스로가 한심했습니다. 당시에는 부상 때문에 너무 힘들었고 제겐 기분 전환이 필요했습니다. 마침 그때 호세가 내 기분을 풀어주기 위해 자리를 마련했던 겁니다. 사실 기분이 좋지는 않지만, 무엇보다 그 일로 호세가 비난 받고 있는 게 더욱 불편합니다. 호세는 제 절친입니다. 절대 악의를 가지고 그런 것이 아님을 알아주셨으면 합니다. 그리고 결과적으로 팬들을 실망시킨 것에 대해 정말 죄송합니다. 보답이 될 수 있을지 모르겠지만 야구를 더 열심히 해서 믿어주신 팬들께 조금이나마 사죄하고 싶습니다. 에인절스를 위해 앞으로도 최선을 다하겠습니다."

그렇게 구현진은 인터뷰를 끝냈다. 하지만 팬들은 여전히 냉랭했다.

그런 와중에 구현진은 승승장구해 나갔다.

8월의 구현진은 그야말로 괴물이었다. 국내 야구팬이든 미국의 야구팬이든 모두 '역시 구현진이다.'라든지 '갓현진!'이라며 구현진의 투구에 환호했다.

급기야 8월에 이달의 선수상까지 수상하며 구현진의 주가는 더욱 올라갔다.

무엇보다 좋지 않았던 여론과 팬들이 점점 돌아서게 되었다.

8월에만 5승 무패, 평균자책점 1.25를 기록한 구현진은 시즌 성적 15승 2패 평균자책점 2.07을 기록하며 완벽한 모습을 이어나가고 있었다.

그런 만큼 구현진의 주가는 또다시 수직 상승했다.

그러자 국내 여론도 서서히 바뀌기 시작했다.

└야, 이러면 구현진 국가대표 승선시켜야겠다.

└마약 했는데 무슨 국가대표야.

└구현진이 재수 없게 걸린 거지. 마약은 하지도 않았다며. 지랄 좀 하지 마.

└그런 식으로 말하지 마라. 경찰에서 아니라는데, 니가 뭘 안다고 그래?

└아닌데, 할 건데.

└이렇게 된 이상, 무조건 구현진을 뽑아야 해. 국가대표.

└당연하지! 구현진 없으면 프리미엄 12 우승도 물 건너가는 거야.

국내 여론이 점점 구현진을 뽑아야 한다고 가닥을 잡았다. 그리고 또다시 국가대표를 뽑는 회의가 열렸다. 그 와중에 보류 선수로 분류되었던 구현진의 이름이 거론되었다.

선수선발 위원회의 모든 임원은 장장 5시간에 걸쳐 의견을 나누었다. 때론 고성도 오갔지만, 최종적으로는 합의점을 찾을 수 있었다.

그리고 다음 날 프리미엄 12 국가대표 최종 선발 선수명단이 공개되었다.

프리미엄 12 국가대표 최종 선발.

투수 13명.
좌완 구현진(에인절스)······.

2.

구현진은 오전 훈련을 마치고 클럽 하우스에 앉아 있었다. 때마침 박동희에게서 전화가 왔다.

"네, 형."

-현진아, 좋은 소식이다. 프리미엄 12 국가대표에 선출되었

어. 참가할 거지?

"예? 정말요? 제가 정말 국가대표에요?"

-응, 선수 명단도 나왔고 그 전에 연락도 받았어. 자세한 일정은 이따 보내줄게.

"아, 네. 고마워요, 형."

-네가 잘난 거지 뭐. 아무튼 축하한다.

구현진은 전화를 끊고 기쁜 표정을 감추지 않았다.

그러자 옆에 있던 혼조가 다가왔다.

"왜? 뭐가 그리 좋아?"

"흐흐흐흣."

"뭐야, 뭔데 그리 웃는데?"

"내가, 내가."

"아, 뭔데 그래. 같이 좀 웃자!"

구현진은 말을 잇지 않고 웃자, 혼조가 답답하다는 듯 구현진을 재촉했다.

"국가대표래. 대박이지, 그치?"

"뭐? 진짜? 이야, 구현진 출세했네! 축하한다. 잘됐다!"

혼조는 진심으로 구현진을 축하해 주었다.

클럽 하우스에 있는 동료들 역시 마찬가지였다.

"축하해!"

"이야, 국가대표라고? 쿨한데?"

"구라면 당연히 국가대표가 되어야지!"

"당연한 거 가지고 너무 기뻐하는 거 아냐?"

"하하핫! 축하한다, 구!"

동료들은 자신들의 일인 것처럼 기뻐했다.

구현진 역시 아직 믿기지 않았다.

그리고 그날 오후 구현진은 컵스전에 선발로 나서게 되었다.

퍼엉!

연습구를 던지는 모습을 본 중계진이 구현진의 가벼운 동작에 대해서 한마디씩 했다.

-오늘 구의 몸이 가벼워 보이네요.

-컨디션이 최상인 것 같아요. 아무래도 오늘 컵스의 타자들이 구의 공을 공략하긴 힘들 것 같은데요.

-저도 그런 생각이 듭니다.

-아, 이제 막 경기가 시작되었습니다. 초구, 스트라이크를 잡고 시작하네요.

구현진은 초반부터 강력한 포심 패스트볼로 컵스의 타자들을 잡기 시작했다.

"스트라이크 아웃!"

구현진은 첫 타자를 삼진으로 깔끔하게 처리하며 산뜻하게 출발했다. 2번 타자마저 삼진으로 잡으며 구현진의 닥터 K 본능이 눈뜨는 듯했다.

그 기세를 이어 컵스의 3번 타자, 리노 브라이언트를 상대로도 초구 몸쪽 포심 패스트볼을 던졌다.

그러나 리노 브라이언트는 허리를 빠르게 돌리며 그대로 방망이 중심에 공을 맞혔다.

딱!

타구는 우측 펜스를 훌쩍 넘어가는 홈런이 되었다.

구현진은 고개만 끄덕일 뿐 아무렇지 않았다. 오히려 입가에 미소가 걸려 있었다. 마운드에서 내려와 로진백을 만질 뿐이었다.

그사이 혼조가 걱정이 된 상태로 마운드에 올랐다.

"괜찮아?"

"뭐가?"

"방금 홈런 맞았잖아."

"아, 괜찮아. 신경 쓰지 마! 나 아무렇지 않아. 오히려 너무 컨디션이 좋아서 문제야."

"야……."

혼조가 구현진을 보았다. 역시 표정이 무척이나 밝았다. 이런 상태라면 걱정이 없었다.

"걱정 말고 하던 대로 가자. 나 진짜 괜찮다니까?"

"그래, 알았다."

혼조가 마운드를 내려가 포수석에 앉았다.

구현진 역시 투구판을 밟았다. 그사이 타석에는 컵스의 4번 타자가 자리했다.

펑! 퍼펑! 펑!

구현진의 공이 내·외각으로 빠르게 꽂히며 2스트라이크를 잡았다. 그리고 몸쪽에서 툭 떨어지는 체인지업에 헛스윙 삼진 으로 물러났다.

결국, 1회 초는 삼진 3개와 홈런 하나로 이닝이 끝났다.

하지만 구현진의 삼진 퍼레이드는 여기서 끝나지 않았다. 2회 초 역시 마찬가지였다.

최고 구속 99mile/h(≒159㎞/h)을 찍으며 연속으로 삼진을 잡아냈다. 컵스의 타자들은 구현진의 빠른 공과 체인지업에 꼼짝없이 당했다. 더그아웃으로 돌아가는 컵스의 타자들 모 두 머리를 절레절레 흔들었다.

-구 선수, 오늘 펄펄 날아다니는군요.

-정말 대단합니다. 컨디션이 정말 좋은가 봐요.

-그렇습니다. 컵스의 타자들이 전혀 손대지 못하고 있어요.

-5회 초가 끝난 지금 삼진이 무려 10개입니다. 한 이닝당 2개 꼴로 삼진을 잡아내고 있어요.

-하물며 에인절스의 타자들 역시 2점을 뽑아내며 구현진의 어깨를 가볍게 해주고 있죠.

-1회 초 브라이언트에게 초구 홈런을 맞은 것이 지금까지 구의 유일한 결점입니다.

그 후로 6회에도 올라온 구현진은 전혀 줄어들지 않은 위력으로 컵스의 타선을 꽁꽁 묶었다. 하물며 삼진 역시 전혀 줄어들지 않았다.

펑!

"스트라이크 아웃!"

-몸쪽 하이 패스트볼에 헛스윙 삼진을 당하는군요.

-지켜보는 팬분들은 왜 저 공에 방망이가 나가는지 의아할 수도 있겠지만 선수들 역시 빠른 공에 대처하다 보면 저 공을 쫓아가기 힘들어요.

-네, 맞습니다. 투수와 타자의 수 싸움인데요. 오늘 구의 공은 위력이 너무 좋아요. 컵스의 타자들이 패스트볼을 노리고 들어오면 여지없이 체인지업이 들어와 타이밍을 빼앗아요. 지금 패스트볼과 체인지업의 구속 차이가 많이 나거든요. 타자들은 꼼짝없이 속을 수밖에 없어요.

-간혹 들어오는 낙차 큰 커브와 슬라이더도 역시 한몫했죠.

-컵스 타자들 아마 답답해 미칠 지경일 겁니다. 과연 구현진을 공략해 낼 수 있을지 두고 봐야겠습니다.

중계진의 말대로 컵스 타자들의 표정은 좋지 않았다. 오늘따라 구현진에게 말리는 기분이었다.

"오늘 구, 왜 그러지?"

"구위야 전부터 좋았지만 오늘은 좀 심한데? 우리가 뭐 잘못한 거 있나?"

"잘못은 무슨……."

"그런데 오늘 저 녀석 왜 저래? 전혀 빈틈이 없잖아."

가만히 듣고 있던 브라이언트도 한마디 거들었다.

"1회 초에 홈런을 때린 것도 운이 좋았던 모양입니다."

"하긴, 그 뒤로 너도 계속 삼진이지?"

"네, 홈런을 친 뒤로 제 스윙이 커진 것도 있지만 볼을 전혀 건드리지 못하겠어요."

"하아, 오늘은 아무래도 이대로 끝날 것 같다."

타자들의 얘기를 들은 컵스의 감독 역시 인상이 굳어져 있었다. 구현진의 구위가 워낙에 좋다 보니 딱히 작전을 세울 수도 없었다.

단지 구현진 스스로 무너져 주길 바랄 뿐이었다.

하지만 지금 상태에서는 그럴 기미도 보이지 않았다.

"제길!"

컵스의 감독이 생각했던 대로 구현진은 무너지지 않았다.

결국 9회까지 17개의 삼진으로 컵스를 철저하게 무너뜨렸다. 마지막 타자마저 헛스윙 삼진으로 잡히며 컵스는 2 대 1로 에인절스에게 패배했다.

정확히 말하면 구현진 단 한 사람에게 패배했다고 봐야 했다. 구현진은 9이닝 18탈삼진 최고구속 99mile/h(≒159㎞/h)을 기록했다.

한 이닝 당 삼진을 2개꼴로 잡은 것이다.

게다가 완투승까지 거두며 닥터 K의 면모를 과시했다.

1회 초의 홈런 하나가 그가 이번 경기에 맞은 유일한 안타였다. 만약 그렇지 않았다면 퍼펙트 경기를 펼쳤을 것이다.

구현진은 당당하게 인터뷰에 응했다.

"오늘 호투의 비결은 무엇입니까?"

"컨디션이 좋았어요. 손끝의 감각도 좋았고 어깨도 평소보다 잘 돌아가는 것 같았고요. 혼조의 리드도 좋았습니다. 모든 게 잘 맞아떨어진 날이었어요. 무엇보다 던질 때마다 원하는 곳으로 공이 들어가니 던질수록 기분이 좋더라고요. 힘도 나고요."

"혹시 오늘 컨디션이 좋았던 이유가 국가대표에 뽑혔기 때문은 아닙니까?"

"어? 벌써 알고 계시네요. 맞아요. 당연히 기분 좋은 일이었습니다. 정말 오랜 꿈이었거든요. 나라를 대표한다는 것 자체가 엄청난 영광이잖아요. 선발되자마자 부진하면 안 되다 보니 부끄럽지 않게 힘내서 던졌습니다."

"정말 기뻐하시네요. 축하드립니다. 마지막으로 지금 기분을 말씀해 주시겠어요?"

"제 기분요? 솔직히 너무 좋아요. 팀도 살아나고 있고 제 개인적으로도 기쁜 일투성이니까요. 앞으로 더욱 잘해야겠단 생각만 하고 있습니다. 질 생각 따위 없어요."

"아, 팀 이야기가 나왔으니 추가로 한 말씀 더 부탁드립니다. 지금 팀이 와일드카드 경쟁 중인데 국가대표 선정 이후 일정에 문제는 없나요?"

"국가대표는 국가대표이고, 지금 당장은 팀이 우선이라 생각합니다. 팀이 와일드카드에 진출할 수 있도록 힘이 되겠어요."

"네, 구현진 선수 오늘 인터뷰 감사했습니다. 앞으로도 좋은 경기 부탁드리겠습니다."

"네, 감사합니다."

구현진은 인터뷰를 마치고 더그아웃으로 향했다.

선수들이 일제히 구현진을 맞이했다. 오늘 구현진의 위력투로 에인절스의 분위기 역시 많이 올라갔다.

하지만 이런 분위기도 잠시, 다음 날 대형사고가 터지고 말았다.

딱!

중견수 방향으로 향하는 공에 매니 트라웃이 반응을 보였다. 매니 트라웃은 공에 집중한 채 펜스 가까이 다가갔다.

하지만 이대로라면 공을 놓칠 게 뻔했다.

"어딜!"

매니 트라웃이 타이밍을 잰 후 펜스를 밟고 높이 치솟았다. 그리고 낙하하는 공을 보며 글러브를 뻗었다.

퍽!

공은 정확하게 매니 트라웃의 글러브 안으로 들어갔다. 그 순간 매니 트라웃은 안도하는 얼굴이 되었다.

하지만 착지하는 그 순간 매니 트라웃의 얼굴이 일그러졌다.

"으악!"

매니 트라웃은 비명을 지르며 왼발을 든 채 절뚝절뚝 뛰었다. 일단 공을 잡아냈기 때문에 타자는 아웃이 되었다. 그 후 매니 트라웃은 그 자리에 드러누워 자신의 왼 발목을 움켜쥐었다.

-아, 이게 어떻게 된 일일까요? 매니 트라웃, 왼쪽 발목을 부

여잡고 고통에 몸부림치고 있습니다.

-지금 화면에 나오고 있어요. 지금 펜스를 밟고 점프를 한 것까지는 좋아요. 하지만 여기 착지할 때 발목을 접질렀네요.

-아, 이거 큰일입니다. 에인절스 공수의 핵인 매니 트라웃의 부상입니다.

-저 상태를 보면 부상이 매우 심각할 것 같은데요. 정확한 것은 X-레이를 찍어봐야 알겠지만, 시즌 아웃이 될 가능성도 있겠습니다.

-아, 에인절스. 지금 한창 와일드카드 경쟁 중인데 매니 트라웃의 빈자리는 정말 클 것 같은데요.

-악재입니다. 구의 부상 복귀가 얼마 되지 않았는데 이제 매니 트라웃까지 부상입니다. 큰일이군요.

더그아웃에 있던 감독과 코칭스태프까지 자리에서 일어났다. 서둘러 트레이너가 뛰어갔다. 매니 트라웃의 상태를 확인하던 트레이너가 갑자기 분주하게 움직였다.

운동장 안으로 구급차까지 동원되었다. 이것만 봐도 매니 트라웃의 상태가 많이 안 좋다는 것을 알 수 있었다.

약 15분간 경기가 중단되고, 매니 트라웃이 빠진 중견수 자리는 다른 선수로 대체되었다.

그사이 이 같은 사실이 피터 레이놀 단장에게도 보고되었다.

"뭐? 매니 트라웃이? 지금 당장 상태 확인해 봐. 어서!"

"네, 알겠습니다."

자리에 털썩 주저앉은 피터 레이놀 단장은 얼굴이 굳어졌다.

구급차가 재빨리 인근 병원에 도착했다. 뒷문이 열리고 매니 트라웃이 모습을 드러냈다. 그때까지 매니 트라웃은 고통을 호소했다.

"재빨리 X-레이 촬영할 테니까. 준비해 둬!"

"네."

매니 트라웃이 탄 침대가 서둘러 병원 안으로 들어갔다.

모든 것이 일사천리로 움직였다.

약 1시간이 흐른 후 단장실에 있던 피터 레이놀은 더 이상 가만히 있지 못했다.

이리저리 왔다 갔다 하며 초조하게 결과를 기다리고 있었다. 그때 문이 열리며 보좌관이 들어왔다. 피터 레이놀 단장이 곧장 보좌관에게 물었다.

"어떻게 됐어? 상태가 어때?"

보좌관의 표정이 심상치 않았다.

"CT 촬영 결과 인대에 큰 손상을 입었다고 합니다. 게다가 발목이 돌아가면서 관절까지 대미지를 입은 상태라 당분간은

깁스해야 한다고 합니다. 이 상태라면 아무래도 이번 시즌 아웃이 될 것 같습니다."

쾅!

피터 레이놀 단장이 주먹으로 책상을 내려쳤다.

"젠장! 하필 이런 때에······."

그날 경기는 에인절스의 승리로 돌아갔다.

하지만 매니 트라웃의 부상으로 클럽 하우스의 분위기는 쭉 가라앉아 있었다.

그날 경기가 끝나고 TV와 스포츠 뉴스에서는 매니 트라웃의 부상에 관한 얘기로 도배되었다.

[매니 트라웃 부상으로 이번 시즌 아웃!]

[와일드카드 경쟁에서 에인절스, 큰 악재가 찾아오다.]

[에인절스, 연이은 에이스들의 부상!]

[매니 트라웃 내년 스프링캠프 복귀를 목표로 재활에 매진!]

팬들 역시 난리가 난다.

└이게 뭐야? 구현진이 돌아오니까 트라웃이 가고. 이게 말이 돼? 우리 갈 수 있는 거야?

└충분히 갈 수 있어. 그렇게 믿어야지.

└말도 안 돼! 트라웃이 빠지면 중심타선의 무게감이 확 줄어들어.

└우리에게는 푸욜이 있잖아.

└푸욜? 다 늙은 선수가 뭘 한다고 그래? 그나마 트라웃이 있기 때문에 푸욜이 힘을 쓴 거라고.

└아니야. 아직 괜찮아. 할 수 있어.

└안 돼! 안 돼! 이번 시즌은 끝이야. 이건 확실해!

└지랄 좀 하지 마라! 선수들은 열심히 하는데 팬이라는 놈들이 초를 치고 앉았네. 그렇게 할 거면 팬질 때려치워!

└그래, 난 끝까지 응원할 거야.

└나도 마찬가지야.

팬들 역시 끝까지 희망의 끈을 놓지 않았다.

다음 날 마이크 오노 감독이 클럽 하우스에 있는 선수들을 독려했다.

"자, 분위기가 많이 가라앉은 것은 안다. 트라웃이 빠져나간 것은 뼈아프지만, 우리에겐 힘이 있다고 생각한다. 자, 나가자! 우린 충분히 강하다!"

마이크 오노 감독의 독려에도 경기력은 쉽사리 올라가지 않았다.

한데 그것과 별개로 경기 역시 이상하게 돌아갔다.

와일드카드 순위 3위인 에인절스는 2위인 트윈스와의 순위를 줄이지 못했다. 그렇다고 패배하는 것도 아니었다. 꾸준히 3게임 차를 유지하고 있었다.

에인절스와 트윈스가 나란히 승패를 이어갔기 때문이었다. 경기 승패가 시즌 끝까지 이어지다 보니 2위와의 격차를 좁히지 못한 것이었다.

결국 에인절스는 3경기 차를 그대로 유지하며 시즌을 마무리 지을 수밖에 없었다.

그렇게 에인절스는 와일드카드 경쟁에서 탈락하고 말았다.

구현진은 크게 실망했고, 분한 만큼 남은 경기에서 빼어난 투구를 펼쳤다.

그러나 시즌 초반만 해도 사이영 상 최우선 후보였던 구현진은 한 달간의 부상 여파로 인해 사이영 상 후보 3위로 밀렸고, 그 결과 사이영 상은 인디언스의 클루버에게 돌아갔다.

한 시즌이 끝나자 전문가들이 에인절스에 대한 결산 리포트를 이야기 나누었다.

"에인절스는 끝까지 잘 싸웠습니다. 다만 뒷심이 조금 부족했어요."

"맞습니다. 에인절스가 와일드 카드 경쟁에서 무너진 이유는 첫 번째로 초반 구현진의 부상에 있었습니다. 에이스의 부재가 너무 크게 작용했지요. 그때 투수진이 무너지고 말았습니다."

"그렇습니다."

"두 번째는 후반기에, 그것도 한창 와일드카드 경쟁 중에 부상으로 매니 트라웃이 시즌 아웃된 사건이었죠."

"그것이 가장 컸습니다."

"차라리 두 사람이 동시에 부상을 입고, 복귀했다면 나을 수도 있었습니다. 구현진이 올라오자 곧장 마운드가 안정을 되찾았으니까요. 그런데 뜻하지 않게 트라웃이 부상 당하면서 타선이 죽어버렸어요. 일이 이렇게 변하니 에인절스는 올해 정말 운이 없는 시즌을 보낸 것 같습니다."

"네, 그렇습니다. 하지만 내년에는 다를 것입니다. 매니 트라웃의 부상도 몇 달만 요양하면 될 것이고, 다음 시즌에는 충분히 복귀할 수 있을 것입니다. 구현진 역시 2년 차 징크스를 말끔히 털어내며 에이스의 모습을 보여줄 것이고요. 다만 가장 큰 걱정은 이 시점에서 구현진의 국가대표 차출입니다. 국가대표에서 혹사당하면 내년 시즌에 문제가 될 수 있어요. 솔직히 구단에서는 어떻게 나올지 궁금합니다."

"구단에서 현명한 판단을 내릴 것입니다. 언제나 그래 왔고, 앞으로도."

"또한 피터 레이놀 단장으로선 결단이 필요할 시점입니다.

에인절스의 팬분들이라면 지금 구단과 감독의 결정을 믿고 응원해 주시기 바랍니다. 지금까지 시청해 주셔서 감사합니다."

구현진의 국가대표 선발 이야기가 나오자마자 채팅창에 팬들의 걱정스러운 글들이 올라왔다.

└안 된다. 지금 구현진은 충분한 휴식이 필요해.

└무슨 소리야 나라의 부름을 받았는데, 영광으로 생각해야지. 출장은 당연한 거 아니야?

└그것도 그렇지만 구는 우리 에인절스에는 없어서는 안 될 존재야. 오프시즌에 휴식도 없이 이렇게 혹사당하면 내년 시즌은 힘들어.

└그렇다고 국가의 부름을 거절할 수도 없지.

└뭔가 특별한 대책이 필요해. 구는 우리가 지켜야 한다고.

└이봐, 이런 건 구단에서 결정할 문제라고 봐. 그리고 무엇보다 구의 의사가 중요하지 않나? 우린 우리 에이스가 하고 싶은 것을 응원하는 사람이라고.

이에 따라 구단 역시 고민에 휩싸였다.

피터 레이놀 단장은 대한민국 KBO에서 보낸 공문을 받고 깊은 고민에 빠져 있었다.

그때 문을 두드리는 소리가 들려왔다.

"들어오세요."

문이 열리고 비서가 들어왔다.

"무슨 일인가?"

"구현진 선수가 찾아왔습니다."

"구 선수가?"

피터 레이놀 단장은 구현진의 방문에 살짝 놀란 표정을 지었다.

"설마 그 일 때문인가?"

잠시 생각을 하던 피터 레이놀 단장이 곧바로 비서를 향해 말했다.

"어서 들어오라고 하세요."

"네."

비서가 나가고 잠시 후 구현진이 들어왔다.

피터 레이놀 단장은 자리에서 일어나 사무실 앞의 소파로 구현진을 안내했다.

"어서 와요. 오랜만이죠?"

"네, 오랜만입니다, 단장님."

두 사람은 악수를 나누었다.

피터 레이놀 단장이 자리를 권했다.

"일단 앉으세요."

구현진에게 자리를 권한 후 피터 레이놀 단장은 비서에게 눈짓으로 차를 준비해 달라고 했다.

두 사람은 테이블을 가운데에 두고 마주 보고 앉았다.

"우선 인사가 늦었습니다. 구현진 선수는 이번 연도 최고의 활약을 해주셨어요. 다시 한번 감사의 말씀을 드립니다."

"아닙니다. 그보다……."

구현진이 막, 말하려고 할 때 피터 레이놀 단장이 말을 잘랐다.

"부상은 어때요?"

"네, 완쾌했습니다. 괜찮습니다. 그런데……."

"아, 그렇군요. 많이 걱정했습니다."

이번에도 역시 피터 레이놀 단장이 구현진의 말을 잘랐다.

구현진의 표정이 잠시 안 좋아졌다. 피터 레이놀 단장이 의도적으로 말을 돌리는 느낌이 들었다.

"확실히 부상은 나았죠?"

피터 레이놀 단장의 물음에 구현진이 바로 답했다.

"그랬다면 후반기에 그렇게 공을 못 던졌겠죠."

"아, 그렇죠."

구현진은 이대로 가다가는 엉뚱한 말만 할 것 같았다. 어중간한 마음으로 찾아온 것이 아니었기에 진지하게 이야기를 꺼냈다.

"단장님."

"네? 말씀하세요."

피터 레이놀 단장은 언제나 미소를 잃지 않았다.

"제가 왜 단장님을 뵈러 왔을 것 같아요?"

"글쎄요? 무슨 일로 찾아오셨나요?"

피터 레이놀 단장은 짐짓 모르는 척했다.

그 모습을 본 구현진은 속으로 생각했다.

'완전 능구렁이네.'

구현진이 고개를 끄덕인 후 말했다.

"충분히 아실 거라 생각하는데요. 보내주세요."

"어딜요? 어디 가시게요?"

피터 레이놀 단장은 계속해서 모르쇠로 일관했다.

이에 구현진이 먼저 말을 꺼냈다.

"국가대표로서 마운드에 서고 싶습니다. 보내주세요."

"아! 안 그래도 방금 공문을 받았습니다. 그 부분에 대해서는 충분히 검토 후에 말씀해 드리겠습니다."

피터 레이놀 단장은 즉답을 피했다.

그러나 구현진은 이대로 물러서지 않았다.

"꼭 가고 싶어요."

구현진의 의지를 보았을까?

피터 레이놀 단장도 더는 말을 돌릴 수 없었다. 항상 웃고 있던 피터 레이놀 단장이 진지한 표정이 되었다.

"솔직히 이번 건은 군 복무 혜택도 없지 않아요? 그런데 왜 굳이 가려고 하죠?"

"국가 대항전이지 않습니까. 전 국가대표로 뽑혔고, 큰 무대에서 강한 선수들과 상대해 보고 싶어요. 국가대표 유니폼을 입고 말이에요."

"메이저리그는 전 세계에서 가장 큰 무대예요. 구는 그런 리그에서 뛰고 있다고요. 그런데 이것만으로도 부족해요? 굳이 나가지 않아도 될 것 같은데요."

"다른 선수는 모르겠지만 적어도 저는 제가 국가대표로 선출되었다는 것을 큰 영광으로 생각합니다. 저는 군 복무 혜택을 위해서 나가려는 것이 아니에요. 국가에서 날 필요로 하기에, 모국의 팬분들이 저를 기다리시기에 나가려는 겁니다. 특별히 문제가 되지 않는다면 허락해 주시길 바랍니다."

피터 레이놀 단장은 구현진의 말에 잠시 숨을 골랐다. 그리고 차분하게 말을 했다.

"제 말 오해하지 말고 잘 들어주세요. 당신은 우리 에인절스의 미래입니다. 구현진 선수는 작년과 올해 신인인데도 불구하고 너무 많은 이닝을 소화했어요. 이제는 충분한 휴식이 필요할 때입니다. 하지만 프리미어12에 나간다면 휴식이 터무니없이 부족해요."

"괜찮습니다. 지금의 어깨 상태도 그렇고, 아직 체력도 남아 있어요. 충분히 가능합니다. 게다가 전 젊잖아요. 금방 회복할 수 있어요."

구현진은 자신의 젊음을 강조하며 괜찮다고 했다. 하지만 피터 레이놀도 물러서지 않았다.

"이건 만약입니다. 만약에 구가 부상을 당하면 내년 시즌은 그야말로 끝입니다. 구, 당신을 응원하는 팬들을 생각해 보세요. 당신의 팬들이 내년 시즌 얼굴을 보지 못한다면 얼마나 실망하겠어요."

"그건 어디까지나 만약입니다. 그런 일 일어나지 않도록 주의하겠습니다."

"물론 그렇죠. 하지만 일어나지 말라는 법도 없어요."

"조심하겠습니다."

"구현진 선수가 조심한다고 될 일일까요? 구 선수는 언제나 최선을 다하지 않습니까. 대충 대충을 모르는 것 같은데요. 제가 잘못 봤나요? 또 그 많은 경기를 소화할 때 대한민국은 구현진 선수에게 충분한 휴식을 보장할까요? 타 팀 선수들이 구현진 선수를 견제하는 것은 생각해 보셨나요?"

피터 레이놀의 말에 구현진은 입을 다물었다. 구현진 본인이 생각해도 자신은 모든 경기에 절대 대충 임하지 않았다.

또한 단장으로서 소속 선수에 대해 걱정하는 이유도 어느 정도 납득할 수 있는 부분이었다. 확실히 프리미어12에서 어떤 식으로 등판할지에 대해서는 설명을 들은 적이 없었다. 국가 대항전인 만큼 메이저리그 에이스급 투수라는 타이틀을 가진 구현진이 견제받을 거란 예상도 당연한 일이었다.

피터 레이놀 단장은 구현진을 직접 발굴해 선택한 만큼 그의 상황을 너무도 잘 알고 있었다.

구현진이 말을 잇지 못하고 있을 때도 피터 레이놀 단장의 말은 계속 이어졌다.

"지금 제가 말한 내용은 정말 당신의 팬으로서 드린 말입니다. 구, 당신은 제가 데려왔어요. 알고 계시죠?"

"네."

구현진이 고개를 끄덕였다.

"저는 당신이 이렇게 잘할 것이라고 굳게 믿고 있었어요. 올해는 부상으로 사이영 상에서 떨어졌지만 내년이라면 충분히 가능하다고 봅니다. 아니, 부상만 당하지 않으면 반드시 받을 수 있어요. 구는 최고의 투수예요. 제발 부탁드립니다. 에인절스를 위해, 구현진 선수 본인의 커리어를 위해서라도 포기할 수는 없는 겁니까?"

"그, 그건······."

구현진의 동공이 급격히 흔들렸다.

피터 레이놀 단장이 이런 식으로 나올지 전혀 예상하지 못했다. 그렇다고 처음으로 국가대표에 뽑혔는데 포기할 수도 없었다.

무엇보다 국가대표는 구현진의 꿈이 아니었나.

구현진이 머뭇거리고 있는 모습을 보고 피터 레이놀 단장이 다시 말했다.

"올해만 참아준다면 내년 도쿄 올림픽에는 꼭 보내 드리겠습니다. 그러니 한 번만 참아주세요."

피터 레이놀 단장은 정말 간절하게 말했다.

구현진은 솔직히 마음이 흔들렸다.

그러나 국가대표라는 타이틀을 포기하기에는 부족했다.

구현진은 머리를 세차게 흔들며 다시 한번 뜻을 굳혔다.

"그래도 이건 아닌 것 같아요. 만약 도쿄 올림픽에 못 간다고 해도 국가대표로 뽑힌 이상 가야겠어요."

구현진 역시 물러서지 않는다.

"정말 가야겠어요?"

피터 레이놀이 진지한 표정으로 물었다.

"네."

구현진이 힘차게 대답했다.

"다시 한번 묻겠어요. 구단이 원하지 않는데도 꼭 가서야겠어요?"

"그래서 부탁드립니다. 허락해 주세요."

구현진의 간곡한 부탁에 피터 레이놀은 입을 다문 채 구현진을 바라보기만 했다.

두 사람의 눈빛이 공중에서 부딪쳤다.

피터 레이놀 단장이 잠시 시선을 거두었다.

"하아……"

피터 레이놀 단장이 깊고 긴 한숨을 내쉬며 소파에 몸을 묻었다. 그 상태로 잠깐 고민하던 그가 말했다.

"제가 졌어요. 가세요."

"네?"

구현진의 눈빛이 반짝였다.

"허락하겠어요."

드디어 피터 레이놀 단장의 입에서 허락이 떨어졌다.

구현진의 얼굴에 기쁨이 나타났다.

"감사합니다. 정말 감사합니다. 절대 부상 당하지 않고요. 내년 시즌에 팀에게 피해가 가지 않도록 하겠습니다."

구현진은 허락해 준 피터 레이놀 단장에게 정말 고마움을 표현했다.

그런데 피터 레이놀 단장이 고개를 흔들었다.

"나가는 건 좋아요. 단, 조건이 있어요."

구현진은 조건이라는 말에 다시 표정이 굳어졌다.

"조건요? 뭔데요?"

"당신에 대한 출전 제한을 걸겠어요."

"출전 제한?"

구현진은 눈을 동그랗게 떴다. 피터 레이놀 단장은 자신이 생각했던 것을 그대로 이야기해 주었다.

"네, 오늘 대한민국에 메일을 보낼 것입니다. 그 조건을 KBO에서 승낙해 준다면 나가도 좋아요."

"어떤 조건요? 설마 예선 1경기, 본선 1경기 이렇게 뛰나요?"

구현진의 물음에 피터 레이놀 단장이 고개를 가로저었다.

"아니, 당신은 예선전에서 뛰지 않아요."

"네에?"

구현진의 눈이 동그랗게 떠졌다. 피터 레이놀 단장은 계속해서 말을 이어갔다.

"프리미어12는 WBSC 랭킹 상위 12개 국가가 참가합니다. 예선전은 6개 팀으로 나눠 A조, B조 조별 리그로 진행하죠. 각 조의 상위 4개 팀이 올라 본선 8강전부터 치르는데, 프리미어12의 1회 우승국인 대한민국이 당신 한 명 빠졌다고 해서 예선도 못 통과할 리 없겠죠. 만약 당신 없이 예선을 통과하지 못하면 큰 의미가 없지 않나요? 하지만 대한민국이 본선 8강에 올라간다면 그때는 당신의 출전을 허락해 주겠어요. 물론 등판 간격도 확실하게 지켜주서야 합니다."

"오늘 KBO에 메일을 보낼 거라고요?"

"네."

"KBO에서 승낙할 것이라 생각해요?"

"물론 장담은 못 합니다. 하지만 당신을 정말 필요로 한다면 승낙할 것이라고 봅니다. 어때요? 구 선수도 이 조건에 수락하시겠어요?"

구현진은 잠시 생각에 잠겼다.

피터 레이놀 단장 역시 구단과 구현진을 모두 고려해 고심 끝에 내놓은 결과였다. 에인절스의 에이스를 구단의 미래를 혹사시키고 싶지 않다는 의미였다. 그것을 알기에 구현진 역시 자신의 고집을 내세울 수는 없었다.

"알겠습니다. 그렇게 하죠."

"좋습니다, 그럼 곧바로 메일을 보내겠습니다."

"네. 감사합니다."

구현진이 자리에서 일어났다. 곧바로 피터 레이놀 단장 역시 일어났다.

"아무튼 구, 당신의 고집은 정말 말릴 수가 없군요."

"책임감을 가지고 다녀야죠. 단장님부터 시작해서 저를 응원해 주시는 분들이 정말 많이 생기셨잖아요."

구현진이 피터 레이놀 단장을 보며 씩 하고 웃었다.

그 말에 피터 레이놀 단장은 짐짓 구현진이 정말 성장했다는 것을 느낄 수 있었다.

구현진은 더 이상 몇 년 전 자신만 알고 있던 대한민국의 어린 선수가 아니었다. 메이저리그에서 두 시즌을 보내면서 정말 많은 팬을 보유했고 또 그들의 성원에 보답할 줄 아는 선수가 되어버렸다.

"그럼 저 가볼게요. 고맙습니다, 단장님."

구현진은 그렇게 말하곤 단장실을 나갔다.

피터 레이놀 단장은 마지막 구현진의 말에 가볍게 고개를 끄덕였다.

"하긴 그렇군요."

피터 레이놀은 곧바로 자신의 책상에 앉아 노트북을 열었다. 그리고 대한민국 KBO에 메일을 보냈다.

KBO는 에인절스 구단으로부터 메일을 받고 난리가 났다. 곧바로 긴급 회의가 열렸다.

"이게 뭡니까? 예선전에는 출전하지 못한다고요? 그럼 본선에만 출전시키라는 말입니까? 이런 말도 안 되는 조건을 내걸다니. 너무한 거 아닙니까?"

선수선발 위원회 중 구현진에 대해 부정적인 입장을 내세웠던 위원 한 명이 말했다. 그의 목소리는 다소 격앙되어 있었다.

"이건 분명 메이저리그가 우리 KBO를 무시하는 것입니다. 당장 조건을 수락할 수 없다고 해야 해요."

다른 위원회 한 명도 거들었다. 하지만 프리미어12 감독인 선동인은 다른 생각이었다.

"자, 자! 너무 흥분하지 마세요. 저쪽에서는 저렇게 나오는 것이 당연하다고 봅니다. 구현진은 작년과 올해 많은 이닝을 소화했습니다. 팀의 에이스를 보호하고 싶은 것은 구단으로서 당연한 일이지요."

"이봐요, 선 감독! 지금 구현진을 특별 취급하자는 말씀입니까? 그럼 다른 투수들은 어떻게 생각하겠습니까?"

"그 부분은 제가 해결할 문제입니다. 어쨌든 전 이 조건을 수락해야 한다고 봅니다."

선동인의 생각은 완고했다.

하지만 다른 위원회들은 다소 꺼리는 분위기였다.

"선 감독! 지금 뭐라고 했습니까? 이런 터무니없는 조건을 수락해야 한다고요?"

"네, 그렇습니다."

"아니, 도대체 왜 그렇게까지 하시려는 겁니까? 구현진이 그렇게 대단한 녀석입니까?"

위원회 한 명이 답답하다는 듯 물었다.

선동인 감독이 그를 쳐다보았다.

"물론 못마땅하게 생각하실 것입니다. 저도 압니다. 하지만 여기 계신 위원회분들 모두 아실 것입니다. 작년과 올해 구현 진의 활약을 말입니다. 특히 메이저리그 2년 차 징크스도 없이 사이영 상 후보에 오른 선수입니다. 부상만 아니었다면 분명 받았을 테지요. 그만큼 실력이 있다는 말입니다."

"그건 인정합니다. 하지만 굳이 이렇게까지 해야 하냐 말입니다."

"네, 당연히 해야 합니다. 우승하기 위해서는 말입니다. 지금 일본은 오타니 쇼이를 뽑았습니다. 작년 WBC에서 우리 팀 타자가 철저하게 봉쇄당한 거 아시죠? 전혀 손을 대지 못했습니다. 다시 그런 전철을 밟고 싶지 않습니다."

"크험! 그건······."

위원회는 그때의 쓰린 기억을 떠올리며 인상을 구겼다.

"좋습니다. 구현진은 내버려 두고, 만약 이렇게 되면 선발 엔트리가 꼬이지 않겠습니까? 아니면 선발 한 명을 더 뽑아야 하지 않습니까?"

"아뇨. 그럴 필요는 없습니다. 예선전은 4선발 체제로 갈 겁니다."

"4선발요? 가능하십니까?"

"네, 충분합니다. 일정을 보시면 아시겠지만 매일 경기를 치르지 않습니다. 중간 하루 정도 휴식이 주어집니다. 그렇다면 4선발로 충분히 대처할 수 있습니다."

선동인 감독의 말대로 예선 일정을 보니 중간에 하루 휴식일이 있었다. 이 상태라면 충분히 5일 휴식 후 등판이 가능했다.

"어험, 그렇다면야 가능하겠지만……. 메이저리거라곤 하나 그 어린 선수 때문에 꼭 이렇게까지 해야 할 필요가 있을까요?"

"구현진은 그만큼 우리 팀에 필요한 투수입니다. 무엇보다 우리 대표 팀은 구현진 없이 예선전을 충분히 치를 수 있습니다. 하지만 본선은 다르죠. 일본과 미국을 상대할 투수는 구현진뿐입니다."

선동인은 구현진의 필요성을 강하게 어필했다. 일이 이렇게 되자 선발 위원회도 입을 다물었다. 가만히 듣고 있던 김운식 위원장이 마이크를 잡았다.

"알겠습니다. 선 감독 뜻대로 하세요."

"감사합니다."

선동인 감독이 인사를 했다.

몇몇 선발 위원이 불만을 가졌지만, 김운식 위원장의 허락에 마지못해 고개를 끄덕였다.

그리고 그날 곧바로 위원회는 에인절스에게 조건을 수락한다는 메일을 보냈다. 메일을 받은 피터 레이놀 단장은 구현진에게 대표 팀에 합류해도 좋다는 말을 전했다.

구현진은 전화를 끊고 곧바로 LA 공항으로 향했다. 짐은 이미 다 싸놓은 상태였다. 어차피 오늘 대한민국으로 갈 생각이었다.

"좋았어!"

구현진은 위원회가 조건을 수락했다는 말에 기쁨을 감추지 못했다. 이제 드디어 왼쪽 가슴에 태극기를 달 수 있다는 생각에 가슴이 두근거렸다.

"이제 나도 국가대표구나!"

구현진은 흥분된 마음으로 대한민국으로 향하는 비행기에 올라탔다.

한편 그 시각, 대한민국에서는 구현진이 국가대표팀에 합류한다는 소식이 빠르게 전해졌다.

[구현진 대표 팀에 합류!]

[국가대표 팀 최강의 투수진 보유!]

[투수진은 역대 국가대표 중 최강!]

구현진의 대표 팀 합류 기사가 뜨고, 몇 시간 후.

구현진이 탄 비행기가 인천 국제공항에 도착했다. 구현진은 입국 수속을 마치고 입국장을 나섰다.

입국장 문이 열리자 곧바로 카메라 플래시가 여기저기서 터졌다.

찰칵! 찰칵!

구현진은 카메라 세례를 받으며 밝은 미소로 손을 흔들어주었다. 그 앞에 박동희가 나와 있었다.

"오느라 수고했다."

"형!"

두 사람은 뜨겁게 포옹을 나눴다.

박동희가 구현진의 캐리를 챙겼다.

"넌 잠깐 인터뷰하고 와."

"알았어요."

구현진이 인터뷰 박스로 향했다. 그때까지 카메라의 셔터는 그칠 줄을 몰랐다. 구현진이 인터뷰하는 곳에 오자 수많은 마이크가 구현진 앞에 놓였다.

여러 대의 스마트폰으로 녹음까지 하는 중이었다.

베테랑 기자가 먼저 질문했다.

"지금 소감을 말씀해 주시겠어요?"

"매우 좋습니다. 국가대표 팀에 합류한다니 정말 흥분되네요. 선발 위원회와 구단에 감사할 뿐입니다."

"프리미어12에 나가게 되었는데 목표는 무엇입니까?"

"무조건 우승이죠."

3.

부산 집에 도착한 구현진은 밝은 표정으로 현관문을 열었다.

"아버지, 저 왔어요!"

구현진이 호기롭게 집 안에 들어갔다. 그런데 아버지가 거실 의자에 앉은 채 몸을 돌렸다. 구현진은 아버지의 싸늘한 시선을 받고 순간 놀랐다.

"아버지?"

"문디 자슥. 왜 왔냐?"

"아버지! 오랜만에 본 아들인데 첫 마디가 그게 뭐예요?"

"그건 됐고, 소식은 들었다. 오기 힘들었다면서?"

"아…… 어떻게 아셨어요?"

구현진이 말을 하면서 가방을 거실에 내려놓았다. 그리고 소파에 앉았다. 그 앞에 아버지가 자리했다.

"이놈아, 내만 알겠나? 전 국민이 다 알지. 뉴스며 인터넷으로 얼마나 떠들고 있는데."

"아, 그렇구나."

구현진은 별로 대수롭지 않다는 듯 말했다.

하지만 아버지는 짐짓 걱정되었다.

"니 괜찮나?"

"그럼 괜찮죠."

"니 혹시 단장이랑 싸운 거 아니제?"

"아니에요. 단장이랑 잘 얘기하고 왔어요."

"진짜가? 혹시 내년 시즌에 불이익 당하는 건 아이가?"

아버지는 잔뜩 걱정스러운 눈으로 물었다.

"아버지, 저 에이스예요. 아버지 아들, 이 정도는 팀에 어필할 수 있어요. 그러니 걱정 마세요."

"그럼 다행이지만……"

아버지가 말을 얼버무리며 시선을 다른 곳으로 두었다.

"그건 그렇고, 대표 팀에는 언제 합류하노?"

"이틀 후에요."

"그래, 알았다."

"그보다 아버지, 저 배고파요. 밥 주세요."

"밥? 니 굶고 다니나?"

"그게 아니라 오랜만에 아버지가 해주시는 걸 먹고 싶어서 그러죠."

"알았다. 기다려 봐라."

아버지가 자리에서 일어나 부엌으로 향할 때, 마침 초인종 소리가 들려왔다.

"이 시간에 누고?"

아버지가 문을 열자 익숙한 얼굴이 나타났다.

"김 여사가 무슨 일로?"

"아니, 현진이가 왔다고 해서요."

김 여사는 힐끔 뒤를 바라보았다.

마침 구현진도 김 여사를 보고 인사했다.

"안녕하세요, 아주머니!"

"아이고, 현진이 왔네. 안 그래도 현진이 왔다는 소식에 안 왔나."

"그러세요?"

그런데 아버지가 김 여사를 보고 퉁명스럽게 말했다.

"울 현진이가 온 거하고, 김 여사랑 뭔 상관인교?"

"왜 상관이 없어요. 저리 좀 비켜봐요."

김 여사는 아버지를 툭 밀치고는 안으로 들어갔다. 그런 김 여사를 보고 아버지는 어이없는 표정을 지었다.

그러거나 말거나 김 여사는 구현진에게 다가갔다.

"현진아, 오랜만이다."

"네, 아주머니. 저 배고파요."

"맞나? 아이고, 우짜노. 잠깐만 기다리 봐라. 아줌마가 후딱 해줄게."

"안 그래도 아주머니께서 해주시는 밥 먹고 싶었는데."

구현진의 기분 좋은 말에 김 여사는 히죽 웃었다.

"맞나? 좀만 기다려라."

김 여사가 곧장 부엌으로 향했다. 그때 아버지가 슬금슬금 다가왔다.

"지금 뭐 하는 기고? 김 여사 자넨 왜 부엌에 들어가 있는 거고."

"현진이 왔다고 해서 안 왔어예. 아가 지금 배가 고프다는데 아버지가 되어가지고 밥도 안 주고, 지금 뭐 하는 겁니까."

김 여사는 부엌에서 밥을 안치고 부랴부랴 반찬을 준비했다. 그렇게 약 40여 분의 시간이 흐르고 부엌에서 김 여사가 나왔다.

"현진아, 어서 온나! 밥 다 됐다."

"네."

구현진이 곧바로 부엌 식탁으로 가서 앉았다.

식탁 위에는 갖가지 반찬과 갓 지은 밥 한 그릇이 놓여 있었다.

구현진은 몇 달에 보는 집 밥을 보고 눈을 크게 떴다.

"우와! 얼마만의 집 밥이냐"

구현진은 곧바로 숟가락을 들어 급하게 밥 한 숟가락을 떴다.

김 여사는 옆에 앉아 흐뭇하게 바라보았다.

"천천히 무라. 얹힐라."

"와, 진짜 맛있어요."

"맞나?"

"네."

구현진이 밥 한 그릇을 후딱 해치우고, 빈 밥그릇을 내밀었다.

"아주머니, 한 그릇 더 주세요."

"오야."

김 여사가 밥솥을 열어 밥그릇을 채운 뒤 구현진 앞에 내려놓았다.

"우리 현진이 많이 무라."

"네."

구현진이 다시 숟가락으로 밥을 떠 입으로 가져갔다.

그 모습을 바라보던 김 여사가 조심스럽게 물었다.

"현진이, 여자 친구 있나?"

"네? 여자 친구요? 어, 없어요."

"진짜가?"

"그, 그럼요."

"잘됐다. 그럼 우리 현진이 선 한번 볼래? 아줌마가 아는 사람 많은데."

"선이요?"

구현진이 밥을 먹다가 깜짝 놀랐다.

그러자 김 여사가 눈을 흘기며 물었다.

"와? 싫나?"

"아, 아니요. 그게 아니라……."

"그럼 선보기 싫어?"

"그, 그게……."

구현진은 밥을 먹으면서 말끝을 흐렸다.

그 모습을 유심히 보던 김 여사가 피식 웃었다.

"아무래도 울 현진이 여자 친구 있는 것 같네."

"아, 아니에요."

구현진이 애써 부인했지만 김 여사는 믿지 않는 눈치였다. 그러자 거실에서 가만히 듣고 있던 아버지가 호통을 쳤다.

"치아라. 야구 하기도 바쁜데 여자 친구는 무신 여자 친구고! 여자 손도 못 잡아봤을 낀데. 안 그러나?"

구현진은 아버지의 물음에 답하지 않고, 허겁지겁 밥을 먹었다.

"와, 아줌마! 이거 진짜 맛있네요."

구현진이 말을 돌리자 김 여사는 미소를 지었다.

"와 대답을 피하노? 진짜 여자 친구 있는 것 같은데."

김 여사는 의심이 확신으로 바뀌었다.

구현진은 그 순간 떠오르는 두 사람이 있었다.

'다들 잘 지내고 있을라나?'

구현진이 잠깐 생각에 잠겼을 때 김 여사가 뜬금없이 질문을 이었다.

"니, 진짜 연예인 만나나?"

"네? 연예인요? 에이, 아니에요."

구현진은 손사래까지 치며 부정했지만 김 여사는 구현진의 강한 부정에 더욱 의심하게 되었다.

"그보다 니, 아는 연예인 없나?"

"아는 연예인요?"

김 여사의 물음에 구현진은 아유가 떠올랐다.

'참, 아유는 잘 지내고 있을까? 그 사건 이후 연락이 없었는데……'

구현진은 마약 사건 이후 연락이 뜸했던 아유에게 조금 미안한 감정이 있었다. 혹여 친구라는 이유로 피해는 입지는 않았는지 걱정이 되었다.

김 여사의 말은 계속 이어졌다.

"현진아, 여자는 예쁜 건 다 필요 없다. 요리를 잘하는 여자를 만나야 한다. 알겠제!"

김 여사가 요리 잘하는 여자란 말에 구현진은 아카네가 떠올랐다.

'요리? 아카네……'

구현진은 미국에 있을 때 부엌에서 요리를 해주던 아카네의 아름다운 뒷모습이 떠올랐다.

'아카네가 해준 음식도 참 맛있었는데……. 오늘따라 보고 싶네.'

구현진은 애써 미소를 지으며 남은 밥을 후딱 해치웠다.

그날 오후 구현진은 장만호의 전화를 받고 밖으로 나갔다. 사직구장 근처에서 약속을 잡은 구현진은 모자를 푹 눌러쓴 채 기다렸다.

그렇게 장만호와 만나기로 한 약속 시각보다 약 30분이 더 흘렀다.

"아, 새끼. 왜 이렇게 안 와."

구현진이 투덜거리며 기다리고 있을 때 저 멀리서 장만호가 걸어오고 있었다.

"야! 넌 약속 시각이 몇 시인데, 왜 이제…… 나타나냐?"

구현진은 막 소리를 지르다가 뒤따라 걸어오고 있는 이순정을 발견하고 목소리를 낮췄다.

"야, 말도 마라. 야가 하도 따라온다고 해서."

장만호는 미안한 얼굴로 말했다.

하지만 뒤에 있는 이순정은 환한 얼굴로 구현진을 보았다.

"현진아, 오랜만이제."

"그, 그래……. 너는 어때?"

"나는 뭐…… 배 봐라."

이순정이 당당하게 배를 내밀었다. 배가 약간 볼록하게 나와 있었다. 그것을 본 구현진이 깜짝 놀랐다.

"헉! 순정이 너 임신했냐?"

"하모, 지금 딱 7개월째다."

"너희 결혼도 안 했잖아."

"이미 혼인신고는 했다. 애 낳고, 몸매 예전으로 돌아오면 그때 결혼식 한단다."

장만호가 불만이 가득한 얼굴로 말했다. 그러자 이순정이 곧바로 끼어들었다.

"당연하제. 고람, 배가 남산만 하게 나와서 결혼식 하라고? 평생 남을 결혼식 사진인데? 내가 미쳤나!"

"알았어, 알았다고. 그런데 배가 그렇게 나왔는데 꼭 여길 나와야겠냐?"

장만호의 불만은 이것이었다.

구현진과 오붓하게 만나고 싶었는데 이순정이 끝까지 따라오겠다고 한 것이었다. 그것 때문에 약속 시각에도 늦은 것이었다.

"와? 내만 놔두고 둘이서 뭐 하게? 또 술이 떡이 되도록 마실라고? 나도 좀 놀자! 만날 집에만 처박혀 있는 나는 뭐, 집순이인 줄 아나? 나도 현진이 만나고 싶었다고. 보믄 안 되나?"

이순정은 버럭 고함을 내질렀다. 장만호는 이순정의 말에 한숨을 내쉬었다.

"하아, 알았다. 알았다고."

그리고 구현진을 보며 말했다.

"이렇다네. 우야꼬?"

"괜찮아. 순정아 잘 나왔어. 안 그래도 만나고 싶었다. 어디 갈래?"

"나, 우선 밥 좀 묵자! 한방이가 배고프다네."

"한방이?"

"우리 애 태명이다."

"오오, 한방! 야, 한 방에 홈런 쳤냐?"

구현진이 장만호를 툭 치며 물었다.

그러자 장만호가 민망한 얼굴이 되었다.

"뭐, 그렇게 됐다!"

"내가 그때 그렇게 안 된다고 했는데!"

가만히 듣고 있던 이순정이 또 한 번 버럭 고함을 질렀다. 장만호는 곧바로 이순정을 달랬다.

"그래, 미안하다. 일단 한방이가 배고프다며? 뭐 묵을래?"

"움, 소고기?"

"그래, 가자!"

장만호가 이순정을 데리고 갔다.

그 뒤를 구현진이 따라 걸어갔다. 두 사람이 티격태격하는 모습을 보며 구현진은 자신이 대한민국에 왔다는 사실을 새삼 깨달았다.

구현진은 장만호, 이순정과 소고기를 먹으러 갔다.

그곳에서 이순정은 4인분을 혼자서 간단히 해치웠다. 구현진은 입이 떡하니 벌어졌지만, 장만호는 '오늘은 조금 적게 먹었네. 와, 현진이 있다고 가리나?'라며 대수롭지 않다는 듯 말했다.

"쓸데없는 소리 말고, 간만에 영화나 보러 가자!"

이순정은 곧장 영화관으로 갔다. 그곳에서 자기가 보고 싶은 영화를 골라 셋이서 함께 봤다. 이순정은 태교에 전혀 신경 쓰지 않는지 액션 영화를 봤다.

영화를 다 본 이순정은 신이 난 얼굴로 밖으로 나왔다.

"와, 간만에 영화 보고 좋네. 니들도 재미나게 봤제?"

"그래."

"만호, 니도 간만에 내랑 영화 보이, 좋제?"

"그, 그래……."

장만호의 떨떠름한 반응에 이순정의 표정이 굳어졌다.

"표정이 와 그라노? 재미없더나?"

"아, 아니. 재미있었어."

"그란데 표정이 와 그러냐고!"

"내 표정이 뭐 어때서? 안 글나, 현진아."

장만호가 구현진을 보며 말했다. 구현진 역시 어색한 얼굴로 말했다.

"어, 그, 그래……."

이순정이 구현진과 장만호를 뚫어져라 보더니 나직이 물었다.

"니들 뭔데?"

"우리가 뭐?"

"뭔데? 뭐냐고? 니들, 내 빼고 딴짓하려고 그라제?"

"지금 뭔 소리고? 우리가 뭘 한단 말이고."

장만호는 오히려 제 발 저리는 듯 목소리를 높였다.

그러자 이순정도 지지 않았다.

"와? 내가 따라오니까 귀찮나! 내 집에 갈까? 배가 이렇게 나왔는데, 혼자?"

이순정은 배가 볼록하게 나온 것을 더욱 내밀며 말했다.

그 배를 본 장만호는 난감해했다.

"누, 누가 집에 가라더나. 갑자기 배는 와 내미노!"

장만호가 당황하며 말을 더듬었다.

구현진이 나서 두 사람을 진정시켰다.

"순정아, 그게 아니라 너 임신도 했고, 만호도 너랑 애기 걱정되어서 그러는 거야. 너처럼 예쁜 마누라가 다치면 만호가 얼마나 속상하겠냐."

"야! 걱정하는 척하지 마라. 내 빼고 니들 술 마시러 갈라고 그라는 거 내가 모르는 줄 아나? 아니지, 어디 뭐, 여자 있고 뭐 그런 데 갈라고 그라제?"

이순정이 눈에 불을 켜며 소리쳤다.

그러자 장만호가 고개를 절레절레 흔들었다.

"안 가! 안 간다고! 너 왜 이러냐? 현진이 앞에서 쪽팔리게!"

"뭐라꼬? 쪽팔려? 니는 지금 배 나온 아내 앞에서 쪽팔린다는 말을 해야겠나?"

"아, 좀 그만하자고! 내가 잘못했다. 그만하자, 알았제."

장만호가 살살 달래자 이순정은 옆에 있던 구현진을 힐끔 보며 입을 다물었다.

그리고 장만호를 향해 손을 내밀었다.

"내놔!"

그 손을 본 장만호가 고개를 갸웃했다.

"이 손 뭐꼬? 뭘 달라는 말이고?"

"지갑 말이다, 지갑! 퍼뜩 지갑 내놓으라고!"

"야가…… 진짜로 와 이라노."

"죽기 싫으면 빨리 내놔라."

이순정의 으름장에 장만호는 어쩔 수 없이 지갑을 꺼내 이순정에게 주었다. 이순정은 지갑을 낚아채고 구현진에게 말했다.

"진짜, 술 마실라믄 니가 사라, 알았제! 니 만호보다 돈도 더 많이 벌잖아. 맞제?"

"그, 그래……."

구현진이 어색한 미소를 지으며 고개를 끄덕였다.

그 옆에 있는 장만호는 쪽팔림에 고개를 들지 못했다.

"아 놔, 가스나…… 지 남편 얼굴도 못 들게 하네."

"시끄럽고, 이래야 우리 애 좋은 거 하나라도 더 사주지. 아무튼 네가 원하는 대로 간다. 술 작작 마시고, 일찍 들어온나!"

"알았다!"

장만호의 대답을 들은 이순정이 눈을 한 번 흘기고는 곧바로 택시를 잡아서 가버렸다.

한바탕 소동을 치른 장만호는 깊은 한숨을 내쉬었다.

"하아……. 내가 저 가시나 때문에 몬 산다."

구현진이 장만호의 축 처진 어깨를 감싸며 말했다.

"너 이러고 사냐?"

"말도 마라……."

장만호가 힘없이 말했다. 그러다가 구현진의 손을 툭 쳐내며 날카롭게 쳐다봤다.

"이게 다 니 때문이다. 니 경기 보느라고 밤잠을 설쳤더만 저러는 거 아이가."

"그래, 다 내 잘못이다. 그보다 오늘 뭐 할까?"

"글쎄. 일단 가자!"

구현진이 앞장서서 움직였다.

그 뒤를 장만호가 따르며 물었다.

"어데 가게?"

"그냥 따라와 보면 알아!"

구현진이 장만호를 이끌고 간 곳은 신 야구 연습장이었다. 장만호는 야구 연습장을 보고 눈을 크게 떴다.

"야! 여기 뭐꼬? 와 이런 데 왔노?"

"잔말 말고 그냥 따라와."

그때 마침 문을 잠그고 계단을 내려오고 있는 신경연이 보였다.

"형!"

신경연이 구현진과 장만호를 발견하고 손을 흔들었다.

"어? 현진아. 만호도 왔네."

"안녕하세요, 선배님."

"오냐. 그런데 어쩐 일이야? 이 선배랑 한잔하게?"

"죄송해요, 그건 아니고요. 잠시 공 좀 던질게요."

"야. 지금 시간이 몇 시인 줄 알아? 게다가 난 지금 퇴근 중이야. 안 보여?"

"죄송해요, 그러니 딱 한 시간만 할게요. 부탁해요?"

구현진의 애교에 신경연은 한숨을 푹 내쉬었다.

"하아, 미치겠네. 장사도 안돼서 죽겠는데……. 좋아, 대신 둘 다 이리 와봐!"

구현진과 장만호가 신경연 앞으로 갔다.

신경연은 뭔가 확인하더니 어느 한 곳을 가리켰다.

"잠깐만 여기 좀 서봐!"

신경연의 말에 구현진과 장만호는 얼떨결에 지시한 곳에 가서 섰다.

"이거 들어!"

신경연이 내민 것은 야구장 홍보 간판이었다. 구현진과 장만호는 조금 어이가 없었지만 이내 미소를 지으며 확실하게 포즈를 취해주었다.

신경연이 사진을 찍으며 말했다.

"새끼들…… 인물 좋네."

"오늘 준비도 안 되었는데…… 하필 이런 날 찍어야겠어요?"

구현진의 투덜거림에 신경연은 신경도 쓰지 않았다.

"자연스럽고 좋구먼. 딱이네!"

신경연은 사진을 다 찍고 스마트폰을 매만졌다. 그의 입 꼬리가 슬며시 올라가 있었다.

"이거, 인스타그램에 올려야지."

신경연은 곧바로 사진을 올렸다.

[#메이저리그 구현진#장만호#나의 귀여운 후배들#내가 운영하는 실내야구장 방문]

신경은 열심히 스마트폰을 만졌다.

그 옆으로 구현진이 다가왔다.

"형! 저 이제 공 던져도 되죠?"

"어? 그, 그래…… 들어가, 들어가."

"감사합니다. 만호야, 가자."

구현진과 장만호가 실내 연습장으로 들어갔다.

간단히 차려입고 가볍게 공을 주고받았다.

그런데 장만호는 왜 여기서 이러고 있어야 하는지 이해할 수가 없었다.

"현진아, 어차피 우리 둘 다 대표 팀에 뽑혔고, 거기서 호흡 맞출 텐데 왜 이러고 있어야 하냐?"

"야, 우리 대표 팀 막내잖아. 거기 가서 너와 내가 호흡 맞춰서 공 던질 기회가 얼마나 되겠어?"

"아, 하긴 그건 그러네."

장만호는 곧바로 수긍하고 자리에 앉았다.

"자, 이 정도면 몸도 풀었겠다. 어디 마음껏 던져봐. 설마 제구 안 되는 건 아니제?"

"장난하냐? 명색이 메이저리그 탑 투수인데 설마 그러겠냐?"

구현진은 피식 웃으며 마운드를 골랐다. 그리고 가볍게 공을 던졌다.

퍼엉!

"오오, 역시 메이저리거!"

장만호가 감탄하며 공을 건네주었다.

"좀 더 힘 있게 던져봐!"

"좋았어!"

구현진은 포심 패스트볼, 커브, 체인지업, 슬라이더까지 모든 구종을 던졌다.

장만호는 작년보다 더 날카로워진 구현진의 공에 내심 감탄했다.

'새끼, 작년보다 더 좋아졌네. 커브며 체인지업도 말할 것도 없네. 이러다가 내가 공 잡기 점점 힘들어지겠는데?'

장만호는 좀 더 적극적으로 움직이기 시작했다.

'나도 가만히 있진 않았지.'

장만호의 눈빛이 반짝이며 더 날카로워진 구현진의 공을 무리 없이 낚아챘다.

긴 시간 호흡을 맞추지 못했지만, 학창 시절 맞춰왔던 두 사람의 호흡은 변함이 없었다. 마치 어제까지 함께 뛴 배터리인 것처럼 장만호는 구현진의 변화무쌍한 공을 캐치했다.

구현진은 그렇게 자신의 공을 따라오는 장만호에게 감탄했다. 메이저리그에 있는 동안 자신만 성장한 게 아님을 알 수 있었다.

그렇게 약 30개가량 공을 던진 후 장만호가 일어났다.

"오케이! 여기까지 하자!"

구현진이 장만호에게 다가갔다.

"공 어때?"

"최고네. 굳이 그걸 들어야겠냐?"

"그럼, 장만호가 아니면 누구한테 듣겠어?"

"자식, 거 미국 가서 입에 발린 말만 늘었네. 시끄럽고! 이제 한잔하러 갈 거제?"

"가야지. 내가 오늘 거하게 한잔 쏜다!"

"좋았어!"

구현진과 장만호는 어깨동무하고 실내 연습장을 나갔다. 두 사람이 나가고 사무실에 있던 신경연이 시계를 쳐다봤다.

"이 녀석들은 도대체 언제까지 할 생각이야. 퇴근도 못 하게 말이야."

신경연이 자리에서 일어나 연습장으로 향했다.

그런데 구현진과 장만호의 모습이 보이지 않았다.

"아놔, 이 새끼들! 말은 하고 가야 할 것 아냐!"

33장
프리미어 12(2)

I.

프리미어12 야구 대표 팀 소집 당일.

구현진은 어제 서울로 올라와 호텔에서 숙박한 후 곧바로 야구 대표 팀 소집 장소인 고척 돔구장으로 향했다.

선수들이 하나둘 고척 돔구장으로 모였다.

구현진은 한 명씩 들어오는 선배들을 향해 깍듯하게 인사했다.

"안녕하세요, 선배님!"

하지만 구현진의 인사를 받은 대표 팀 선배들의 표정은 그다지 밝지 않았다. 그저 인사만 받는 정도로 끝이 났다.

구현진은 선배들의 분위기가 별로 좋지 않은 것을 보고 그들을 이해하려 했다.

'하긴 좋게만 보이지는 않겠지.'

아마 뉴스를 통해 알려진 내용을 본 모양이라 생각했다.

까마득한 후배가 메이저리거랍시고 투구수에 제한을 둔다고 하니, 그들 입장에서는 그럴 수도 있겠다 생각했다.

하지만 구현진은 겉으로 내색하지 않았다. 그냥 자신의 공만 잘 던지면 될 것이라 생각했다.

대표 팀은 주장 이대후의 주도로 간단한 스트레칭을 시작했다. 그 속에서 구현진은 왠지 모를 소외감을 느끼고 있었다.

그런 구현진을 지켜보고 있는 눈이 있었다.

"음……."

선동인 감독은 걱정이라는 듯 낮게 신음을 흘렸다.

"현진이가 잘 어울리지 못하고 있네요."

수석 코치의 말에 선동인 감독이 고개를 끄덕였다.

"그렇군. 어떻게 할까?"

"글쎄요. 대후를 따로 불러서 일러둘까요?"

"아니. 그러면 오히려 더 관계가 나빠질 수도 있어. 그보다 현진이 공을 직접 보여주면 달라질 수도 있지 않을까 하는데."

"아! 그거 괜찮은 생각인데요. 바로 준비시키겠습니다."

코치는 선수들이 스트레칭이 끝나기를 기다렸다. 그리고 곧바로 구현진을 불렀다.

"현진아."

"네."

구현진이 코치 앞으로 뛰어갔다.

"피칭 좀 보자. 마운드 올라갈 준비해."

"지금요? 원래는 오후부터 아닌가요?"

"예정은 그런데 그냥 감독님이 네 공을 보고 싶어 하시네. 던질 수 있지?"

"가능합니다만……."

"그럼 됐어. 공은 누가 받게 할까? 아, 너 만호랑 동기지."

"네."

"알았어. 만호보고 준비하라고 할 테니까 너도 그렇게 해."

"알겠습니다."

구현진은 코치의 말에 일단 수긍했다. 그리고 선동인 감독을 바라보았다. 선동인 감독은 구현진과 눈이 마주치자 고개를 살짝 끄덕였다.

'뭔가 생각이 있으시겠지.'

몸을 푼 구현진은 마운드에 올랐다.

잠시 후 포수 장비를 착용한 장만호가 나타났다.

"현진아, 준비됐냐?"

그 소리에 구현진이 고개를 끄덕였다.

장만호가 미트를 '팡팡' 치며 자리에 앉았다. 간단한 사인을 주고받은 뒤 구현진이 가볍게 공을 던졌다.

펑!

장만호의 미트에 공이 팍팍 꽂혔다.

그러나 지켜보는 선동인 감독의 표정이 굳어졌다. 코치 역시 고개를 갸우뚱했다.

"저 녀석 공이 왜 저래? 저래서는……."

구현진은 큰 의미를 두지 않은 말 그대로 가벼운 공을 던졌다. 구속이며 구위가 평소 같을 리 없었다.

영문을 모르는 구현진으로서는 제대로 된 피칭을 하기 전 예열한다는 마음으로 던지는 게 당연했다.

그러나 대표 팀 선수들에게 구현진의 진면목을 보여주려 했던 선동인 감독이 바란 장면은 아니었다. 이러면 구현진에게 일정을 당겨 투구를 시킨 의미가 없었다.

선동인 감독이 알고 있는 구현진의 본 실력이 아니었기 때문이다.

'훗, 재미가 없단 말이지?'

선동인은 피식 웃었다. 구현진의 힘없는 투구의 의미를 깨달은 것이다.

'하긴 저 녀석…… 메이저리그라고 자존심은 있구나.'

타자 없이 공만 던지게 해서 그렇다는 것을 금세 알 수 있었다. 선동인 감독은 곧바로 타자를 찾아보았다. 그리고 방망이를 휘두르고 있는 이정우를 발견했다.

"정우야."

"네, 감독님."

"타석에 서봐."

"네? 제가요?"

"들어가서 한번 쳐봐. 선배로서 후배 기 한번 잡아줘야 할 거 아냐."

선동인 감독은 구현진과 이정우 두 사람이 제대로 역량을 발휘하기를 바랐다. 그래야만 서로를 인정할 수 있을 거라 생각했기 때문이었다. 하여 이정우를 자극했다.

선동인 감독의 말에 이정우의 눈빛이 바뀌었다. 기를 눌러줄 생각은 없었지만 메이저리그의 최정상급의 공을 직접 경험할 수 있는 좋은 기회라 생각했다.

"알겠습니다."

이정우가 장비를 착용했다. 그의 시선은 마운드에 있는 구현진에게 향해 있었다.

이정우 역시 프로 팀 히어로즈에서 뛰고 있는 선수였다.

대표 팀에 선출된 선수인 만큼 빠른 발과 정확한 컨택 능력을 가지고 있었다. 이번 시즌 타율만 0.359의 고타율을 자랑했다.

장비를 착용한 이정우가 방망이를 몇 번 휘두르고는 타석에 들어섰다.

그사이 구현진은 마운드를 고르고 있었다.

'이정우 선배님이시네. 제대로 던지라는 말씀이신가?'

구현진도 이정우가 뛰어난 타자라는 것은 잘 알고 있었다. 그런 선수를 타석에 넣은 선동인 감독의 뜻을 이제야 조금 알 것 같았다.

이정우가 자세를 잡자 곧바로 구현진이 투구할 준비를 마쳤다. 그리고 장만호의 미트를 향해 힘껏 공을 던졌다.

펑!

구현진이 던진 공은 몸쪽 높은 코스에 정확하게 들어가는 스트라이크였다.

좀 전까지와는 차원이 다른 구위였다.

이정우는 놀란 눈으로 미트에 들어간 공을 보았다.

구경하고 있던 대표 팀 선수들 역시 눈을 크게 떴다.

선동인 감독이 피식 웃으며 코치에게 물었다.

"구속은 얼마 나왔어?"

"배, 백오십육입니다."

"후후."

방금까지 140㎞대 후반의 공을 던졌던 구현진이었다.

그런데 타석에 타자가 들어서자마자 갑자기 구속이 올라갔다.

구현진은 2구째 아웃 로우 코스로 공을 던졌다. 타자의 눈에서 가장 떨어진 곳, 바로 낮은 쪽 무릎 코스였다.

퍼엉!

이번에도 역시 156㎞가 꽂혔다.

이정우의 방망이는 꼼짝도 하지 못했다. 2스트라이크에 몰린 이정우는 바짝 긴장한 상태로 3구를 기다렸다.

구현진은 세 번째 공도 힘껏 던졌다. 코스는 2구째와 같게 날아갔다.

이정우 역시 조금 전과 같은 코스라는 것을 알고 방망이를 힘껏 돌렸다.

그런데 2구째보다 공이 좀 느렸다. 게다가 홈 플레이트 앞에서 갑자기 뚝 하고 떨어졌다.

'체인지업……!'

이정우의 방망이가 크게 헛돌았다. 몸까지 휘청거리며 헛스윙 삼진을 당했다.

이정우는 놀란 눈으로 공을 쳐다보았다.

그래도 명색이 대한민국 프로야구 타격 1위인데 3구 만에 헛스윙 삼진은 기분이 그다지 좋지 않았다.

"아, 아니야. 이번 것은 무효야!"

이정우는 곧바로 선동인 감독에게 말했다.

"감독님, 한 번만 더 할게요."

"왜, 억울해?"

"아, 아니, 그게 아니라 처음이니 가볍게 그냥……. 아무튼 한 번만 더 할게요."

이정우가 간절히 말했지만 선동인 감독은 고개를 가로저었다. 그리고 눈짓으로 이정우의 뒤를 가리켰다. 이정우의 시선이 돌아갔다.

그곳에는 대표 팀 선배들이 방망이를 들고 대기하고 있었다.

"하아……."

이정우는 더 이상 말하지 않았다. 그저 타석에서 조용히 벗어났다.

그 뒤로 대표 팀의 강타자들이 하나둘 들어섰다.

2번째는 나상범이었다. 그 역시 150㎞대 후반의 빠른 공을 따라가지 못했다. 그리고 뚝 떨어지는 낙차 큰 커브볼에 삼진을 당했다.

나상범 역시 타석에서 물러나며 고개를 절레절레 흔들었다. 이번에는 타석에 이대후가 들어섰다. 조선의 4번 타자, 비록 1년이지만 메이저리그에서도 그 존재감을 드러냈던 이대후였다.

이대후가 서자 타석이 꽉 찬 느낌이었다.

장만호가 미트를 들었다. 다른 사람도 아닌 이대후다 보니 장만호도, 구현진도 긴장할 수밖에 없었다.

구현진은 힘껏 공을 던졌다. 초구는 바깥쪽 높은 곳으로 향했다.

　이대후의 방망이가 힘껏 돌아갔다.

　퍼엉!

　하지만 결과는 헛스윙이었다.

　스트라이크를 노릴 거라 생각해 방망이를 돌렸던 이대후의 예상과 달리 초구가 스트라이크존을 벗어나 들어왔다.

　이대후가 피식 웃었다.

　'녀석들, 제법 머리 쓸 줄 아네. 제대로 하자는 거지?'

　헬멧을 고쳐 잡은 이대후는 천천히 방망이를 돌리며 타석에 섰다.

　구현진이 2구째 공을 던졌다.

　딱!

　3루 방향으로 넘어가는 파울 타구가 나왔다.

　이대후는 투 스트라이크 노 볼로 볼 카운트가 몰린 상황을 맞이했다.

　그것을 노려 장만호가 체인지업 사인을 냈다.

　구현진이 가볍게 고개를 끄덕인 후 공을 던졌다. 홈 플레이트 앞에서 툭 하고 떨어졌지만, 이대후의 방망이가 공을 건드려 파울을 만들었다.

　'역시 이대후 선배님이시네.'

구현진은 4구째 결정구를 슬라이더로 정했다.

후앗!

몸쪽 횡으로 휘어져 떨어지는 슬라이더에 이대후의 방망이가 헛스윙했다.

그 순간 구현진은 저도 모르게 주먹을 불끈 쥐었다.

이대후는 살짝 놀랐지만 이내 피식 웃으며 타석에서 물러났다.

그 뒤로 구현진은 몇 명의 타자를 더 상대했다.

선동인 감독은 흐뭇한 표정으로 구현진의 피칭을 지켜보았다. 관중석에 있던 KBO 협회 관계자들도 매우 만족스러운 표정을 짓고 있었다.

"역시 메이저리거는 다르다는 건가."

"확실히 에인절스에서 에이스로 활동할 만하네요."

그들은 선동인 감독이 왜 구현진을 원했는지 이해할 수 있었다. 그리고 매우 만족스러운 표정으로 협회로 돌아갔다.

"이야, 공 쥐이네!"

장만호의 목소리가 시간이 지날수록 올라갔다. 그럴수록 코치진도 장만호에게 관심을 주었다.

"저 녀석 다이노스의 장만호지?"

"그렇다는군."

"저 녀석이 저렇게 잘했나? 블로킹까지 잘하는데? 게다가 구현진의 공을 무리 없이 잡아내고 말이야. 이러다 만호를 주전으로 출전시켜야 하는 거 아냐?"

"당연하지. 구현진이랑은 고등학교 시절부터 배터리를 이루었으니. 게다가 수비 하나는 원래 좋았어."

"그래?"

"그러니까 대표 팀 백업으로 데리고 왔지. 일단 현진이 출전할 때 포수를 시켜보는 게 좋을 듯한데."

"강민오가 있는데?"

"물론 그렇지만 백업이라도 일단 출전 기회는 줘야지."

"어차피 그건 감독님이 판단할 문제고."

코치진이 의견을 주고받는 사이, 구현진의 시뮬레이션 피칭은 계속되었다. 구현진에게 삼진을 당하고 난 후 하나둘 구현진의 실력을 서서히 인정하게 되었다.

구현진은 훈련을 마치고 점심을 먹기 위해 식당으로 향했다. 식판 가득 음식을 담아 자리에 앉았다. 장만호가 없었으면 영락없이 혼자 먹을 뻔했다.

"같이 앉아도 되제?"

그런데 밥 한 숟가락을 뜨려 할 때 대표 팀 주장 이대후가 구현진의 맞은편에 앉았다.

구현진과 장만호가 놀라 곧바로 자리에서 일어났다.

"아, 예. 선배님."

"긴장하지 마라. 밥 묵는데 뭐 하노. 퍼뜩 앉아라."

"네, 선배님."

그 뒤로 하나둘 구현진 옆으로 선배들이 모였다. 포수 강민 오를 비롯해 박세웅까지 합류했다. 모두 자이언츠 출신의 선배들이었다.

"야, 너 공 좋더라?"

"감사합니다."

그러자 이대후가 끼어들었다.

"딱 보믄 모르나. 내를 삼진으로 잡았잖아."

"오오, 그러네."

"참, 구현진 너."

이대후가 짐짓 무서운 표정으로 불렀다.

구현진은 잔뜩 긴장한 채 대답했다.

"예, 선배님."

"니 왜 자이언츠에 안 왔노."

"아…… 자이언츠요? 저도 가고 싶었는데 아무래도 자이언 츠가 절 원하지 않아서……."

"맞나? 아쉽네. 어쨌든 니가 왔어야 했는데."

이대후의 말에 옆에 있던 박세웅이 버럭 소리를 질렀다.

"선배님, 저는요! 제가 있지 않습니까!"

"어? 니? 있었나?"

"와, 어떻게 저한테 그러십니까? ……슬프네요."

"아이다. 우리 자이언츠의 에이스! 박세웅!"

이대후는 엄지손가락까지 올리며 박세웅을 추켜세워 줬다. 그러자 박세웅은 언제 그랬냐는 듯 히죽 웃었다.

구현진 역시 그런 두 사람을 보며 미소를 지었다. 그러는 사이 선배들과 조금씩 가까워질 수 있었다.

그 이후로 구현진은 먼저 선배들에게 다가갔다.

선배들도 메이저리거라는 타이틀을 달고 거들먹거리기는커녕 후배로서 선배들을 대하는 구현진에게 호감을 가지게 되었다.

"선배님, 물 여기 있습니다."

"오오, 고마워."

"여기 수건도요."

"쌩큐!"

"짜식, 너 인마. 의외로 싹싹하다?"

"이게 다 현진이 형한테서 배운 거예요."

"유뚱? 야, 유현진이 후배 한번 잘 가르쳤네."

그렇게 구현진은 대표 팀 내에서 선배들과 농담을 주고받으며 녹아들고 있었다.

대한민국 야구 대표 팀은 격전지 일본으로 향했다.

대표 팀은 일본에 내리자마자 곧바로 기자회견을 가졌다. 여러 일본 기자가 질문을 던졌고, 대한민국 대표 팀은 통역을 통해 하나하나 답해 나갔다.

마지막으로 한 일본인 기자가 구현진을 지목해 물었다.

"목표는 무엇입니까?"

"당연히 우승이죠."

구현진은 1초의 망설임도 없이 대답했다.

일본 기자들은 한동안 말이 없었고, 그를 지켜보는 대표 팀 선수들의 입가에는 묘한 미소가 걸렸다.

그렇게 일본에서 개최되는 프리미어12가 시작되었다.

2.

WBSC 프리미어12는 폐지된 야구 월드컵을 대신하여 개최된 첫 번째 국제 야구 토너먼트로, IBAF 랭킹 1-12위만 참가할 수 있는 대회다.

또한 야구를 올림픽 종목으로 복귀시키기 위한 국제야구연맹의 시도라고 볼 수 있었다.

하지만 미국 메이저리그에서는 미온적인 반응이었다.

이미 미국이 주최하는 월드 베이스볼 클래식이라는 큰 대회가 있었기 때문이다.

2015년 첫 대회에서 이런 미국의 태도가 그대로 드러났다.

메이저리그 선수를 참가시키는 것이 아니라, 마이너리그 선수들로만 구성된 팀을 꾸려 프리미어12에 출전한 것이었다.

2019년 프리미어12 역시 미국은 메이저리거가 아닌 마이너리그 선수들로 구성한 팀을 파견한다고 입장을 밝혔다. 항간에는 프리미어12보다 월드 베이스볼 클래식을 더 높이 사기 위함이라는 말도 나돌았다.

어쨌든 미국 팀의 이러한 구성에 일본은 유감을 표명했고, 그런 식이라면 자신들, 일본이 우승하는 것은 당연한 일로 생각하기 시작했다.

대한민국 역시 초대 우승국답게 두 번째 우승을 노리고 있었다. 선수단은 똘똘 뭉쳐 호흡을 맞추는 데 주력했다.

프리미어 12

A조 : 미국, 쿠바, 네덜란드, 푸에르토리코, 중화 타이베이, 이탈리아.

B조 : 대한민국, 일본, 캐나다, 멕시코, 베네수엘라, 도미니카 공화국.

대한민국 대표 팀은 도쿄에 위치한 하얏드 호텔에 머물게 되었다. 선수들은 각자의 방에서 휴식을 취하며 자유롭게 시간을 보내고 있었다.

프리미어12에 처음 참가한 막내 후배들이 한 방에 모여 이야기를 나누고 있었다.

"이번에도 당연히 우승이겠지?"

"당연하지!"

"일본도 역시 만만찮던데? 이번엔 독기 제대로 품은 것 같더라고."

"암만 그래 봐라. 우승은 무조건 우리 거지. 1회 때도 우승했잖아? 이번에도 당연히 해야지. 안 그래?"

"말 한번 잘 꺼냈다, 그래. 일본이고 미국이고 해볼 만하지."

그때 한 녀석이 대진표를 가지고 들어왔다.

"야, 너희들 대진표 봤어?"

"알아, 첫 경기 일본이더만."

"일본, 이 새끼들은 만날 개막전은 우리랑만 하려 드네."

"그렇게 당해놓고 또 지들 딴에는 이길 수 있다 이 말이겠지."

"킥킥, 그렇겠지. 하여간 이젠 다칠 코도 없으면서 뭘 믿고 그러는지 모르겠네. 참 그보다 일본전 선발은 누구래?"

"야, 당연히 양현준 선배지. 작년에 FA 대박 터뜨리고, 올해도 20승이나 하셨잖아. 완전 물오르셨더라."

"오오, 양현준 선배가 나가면 일본은 꼼짝 못 하지."

"근데 장원진 선배도 있지 않아? 그 선배야말로 꾸준하시 잖아."

"그렇긴 하지만 장원진 선배는 뭐랄까…… 임팩트가 조금 약하다고 할까?"

"그건 나도 인정. 잘 던지시는데……."

그때 조용히 듣고 있던 장만호가 불쑥 튀어나왔다.

"야! 니들이 무슨 감독이가? 지들끼리 이래라저래라고. 마, 쓸데없는 소리 할 끄믄 니들 방으로 가라. 뭔데 내 방에 와서 난리고."

"야, 뭔 말도 못 하냐?"

"하지 마! 하지 말고 그냥 니들 방 가라."

구현진은 구석에 앉아 그들의 모습을 보며 피식 웃었다.

한편 그 시각, 선동인이 묵고 있는 방에 코치들이 모여 있었다.

"이번 예선 1차전 선발은 어떻게 가져갈까요?"

"일단 양현준으로 가야 하지 않겠습니까?"

투수 코치의 말에 다른 코치들도 공감했다. 코칭스태프들이 일제히 선동인 감독을 바라보았다.

그러나 선동인 감독은 무슨 생각을 하는지 입을 굳게 다물고 있었다. 그렇게 약 10여 초의 시간이 흐른 후 선동인 감독이 결정을 내린 듯했다.

"원래라면 현준이가 던지는 것이 맞지만……."

선동인 감독은 테이블에 놓인 투수진 목록을 확인했다.

코칭스태프들의 눈도 역시 테이블로 향했다.

예정대로라면 양현준을 예선 첫 경기에 내보낸 뒤 휴식기간을 주고 5차전에 세울 생각이었다. 그리고 푹 쉰 다음에 준결승에 등판하면 되었다.

예선 2차전은 구현진으로 내정되어 있었다. 그래야 양현준과 마찬가지로 휴식을 충분히 주면서도 많은 경기를 소화할 수 있었기 때문이다.

그런데 예상치 못한 변수가 발생했다.

에인절스에서 내건 구현진의 등판 조건 때문이었다. 그 때문에 대표 팀으로서는 구현진을 예선 2차전에 올릴 수 없게 되었다.

일이 이렇게 되면서 상황이 조금 복잡해져 버렸다.

선동인 감독은 이런 상황에서 양현준을 예선 1차전에 넣어야 할지 말아야 할지 고민할 수밖에 없었다.

다른 나라였다면 그의 고민이 길지 않았을 터.

그런데 예선 1차전 상대가 하필이면 일본이었다.

모두의 시선이 선동인 감독에게 향해 있었다.

"흐음, 현준이를 일본전에 내세우면 안 될 것 같다."

"예?"

코칭스태프들은 선동인 감독 입에서 나온 의외의 대답에 다소 놀란 표정을 짓고 있었다. 일본전만큼 중요한 경기에 에이스를 내세우지 않겠다는 것은 큰 사건이 될 만한 일이었다. 예선이라 해도 졌다가는 협회와 야구팬들로부터 무슨 말을 들을지 모를 일이다.

김평호 수석 코치가 조용히 입을 열었다.

"감독님, 구현진에 걸린 조건 때문에 고민하시는 겁니까?"

김평호 수석 코치의 말에 선동인 감독이 가볍게 고개를 끄덕였다.

김평호 수석은 자신의 생각을 이어갔다.

"원래 우리 계획대로라면, 아니, 구현진이 있으면 양현준과 원투 펀치로 가는 것이 옳다고 생각합니다. 하지만 결과적으로 구현진이 예선에 출전하지 못하니까 그의 컨디션이 어떻게 될지도 모르지 않습니까. 이런 상황에서는 양현준의 활용도를 더욱 높여야 합니다, 감독님."

"알고 있네. 하지만 구현진 역시 본선 라운드에 맞게 루틴을 가지고 가고 있지 않은가. 계속해서 시뮬레이션 피칭을 통해 감각도 끌어올리고 있고 말이야."

"그건 알고 있습니다. 하지만 본선 라운드까지 루틴을 가지고 갈지는 의문입니다."

"자넨, 아니, 여기 있는 코치 모두 구현진의 투구에 아직도 의문을 가지나?"

선동인 감독의 물음에 코칭스태프들은 서로 눈치를 살폈다. 그러나 선뜻 나서는 이는 없었다.

그러자 김평호 수석 코치가 나섰다.

"구현진의 실력은 이미 확인했기에 잘 알고 있습니다. 어린 녀석이 공 한번 매섭더군요. 구현진의 공은 진짜배기가 맞습니다. 저도 인정합니다."

"그래, 자네도 그렇게 생각하지 않는가. 그럼 믿어줘야지. 우린 일단 예선도 중요하지만 본선 라운드인 토너먼트가 더 중요하지 않나."

"감독님의 말씀 십분 이해합니다. 말씀하신 그대로입니다. 하지만 구현진을 본선 어떤 경기에 투입하게 될지는 아직 모르지 않습니까. 일단 예선이 끝나야 조금 명확해지지 않겠습니까?"

김평호 수석 코치의 말에 선동인 감독이 고개를 끄덕였다.

"그래, 우리 모두 예선전은 쉽게 통과할 수 있다고 믿고 있지. 나도 그렇고 말이야. 그래서 난 구현진을 믿고 있네. 일단 구현진을 8강전에 투입할 생각이네."

선동인 감독의 발언에 모두 눈을 크게 떴다. 따지고 보면 구현진 하나만을 위한 예선전을 펼쳐야 한다는 것이다. 솔직히 그것이 마음에 들지 않았다.

김평호 수석 코치 역시 그 말에는 동조할 수 없었다.

"감독님, 이건 누가 봐도 너무 위험한 선택입니다."

"알고 있네. 그래서 내가 이렇게 자네들과 의견을 나누고 있지 않나. 그러나 우리가 구현진을 부른 이유는 큰 경기에 쓰기 위함이네. 그 점에는 자네들도 동의하지 않았나. 그러니 가능하면 우리가 결승에 올라가는 걸 생각하며 선발진을 짜야 한다는 말일세."

원래 코칭스태프들의 생각은 이러했다.

만약 8강전에서 쉬운 상대를 만나고, 4강전에서 어려운 상대를 만나면 4강전에 구현진을 마운드에 올릴 생각이었다. 그리고 8강전에 양현준으로 갈 생각이었다.

하지만 선발진을 이렇게 운용하면 결승전에 구현진은 등판할 수가 없다.

하여 선동인 감독은 계획을 바꾸기로 했다.

"좋네, 이런 게 된 거 솔직히 말하겠네. 아까도 말했다시피 난 구현진을 8강전에 쓰겠다고 했네. 그렇다는 것은 구현진을 결승전 때 쓸 생각이라는 것이지. 난 이번 대회도 우승을 노리고 있네. 미국이든 일본이든 결승전에 올라올 나라는 몇 정해져 있고, 우리와 놈들이 전력으로 부딪친다면…… 나는 구현진의 힘이 절실히 필요하다고 생각하네."

선동인 감독의 목소리는 단호했다.

코칭스태프들은 완고한 선동인 감독의 생각을 바꿀 수는 없다고 판단했다.

"알겠습니다, 감독님. 하지만 예선 1차전은 양현준으로 가시죠. 상대는 일본입니다. 절대 져서는 안 됩니다."

투수 코치의 말에 선동인은 쉽게 답을 주지 못했다. 예선 1차전에 양현준을 내세운다는 것이 왠지 불안했다.

잠시 고민하던 선동인 감독이 뜻밖의 말을 꺼냈다.

"아무리 우리가 정정당당하게 해도 보이지 않는 손이 움직일 것이란 말이지. 만약에 양현준을 내세웠는데 결과가 안 나오면 그 영향이 적지 않을 걸세. 그래서 내 생각에는 실리를 챙기는 것이 좋을 것 같다는 것이야."

"실리라면……."

"장원진을 선발로 내세웠으면 좋겠네. 그나마 일본에서도 그다지 알려지지 않았고, 잘하면 일본의 허를 찌를지도 모르니."

"장원진이라……."

코칭스태프들의 눈이 빠르게 돌아갔다. 서로를 바라보며 한 사람씩 동의하는 듯 보였다.

"그럼 2차전은?"

"당연히 현준이로 가야지. 일단 예선전은 장원진, 양현준, 박세웅, 정현식으로 갈 생각이네."

선동인 감독은 자신이 구상했던 선발진을 빠르게 말했다.

그러자 코칭스태프들도 고개를 끄덕였다.

"그럼 선발진은 끝난 것 같고, 다음은 타선 얘기로 넘어가시죠."

"타선은 김평호 수석 코치가 주도하게."

선동인 감독은 투수 출신답게 투수에 관한 것은 잘 알았다. 하지만 타선에 대한 일은 자신보다는 김평호 수석 코치가 훨씬 잘 알았고, 그것을 인정할 줄 알았다.

그렇게 선발진에 대한 논의가 끝나자 타선에 관한 이야기는 빠르게 진행되었다.

회의가 마무리되자 코치진은 선수들을 대회의장으로 불렀다.

웅성웅성.

대회의장에 대한민국 국가대표 선수들이 모였다. 선수들은 삼삼오오 짝을 이뤄 원형 테이블에 착석했다. 선동인 감독과 코칭스태프들이 들어오자 소란스럽던 대회의장은 고요해졌다.

김평호 수석 코치가 단상에 올랐다. 화이트보드에 뭔가를 적고는, 앉아 있는 선수들을 바라보았다.

"모두 연습하느라 고생 많았다. 모레부터 프리미어12 예선전이 펼쳐진다. 자네들도 알다시피 A조는 대만에서, B조는 일본에서 예선전이 치러진다. 시즌을 마치자마자 곧바로 대표 팀에 소집되어 훈련해 준 것에 대해 진심으로 고맙게 생각한다. 일정이 빠듯하긴 하지만 지금부터 시작이다. 그리고 명심해 두

기 바란다."

김평호 수석 코치는 잠시 선수들을 바라보았다. 선수들의 눈빛 또한 결의에 차 있었다. 김평호 수석 코치는 살짝 미소를 짓곤 이야기를 계속 이어갔다.

"좋다, 우린 예선 B조에 속한다. 상대국은 일본 그리고 중남미의 강호 도미니카 공화국, 베네수엘라, 멕시코, 캐나다 등이다. 여기서 상위 4개 팀이 본선 토너먼트인 8강전에 진출한다."

김평호 수석 코치가 화이트보드에 적힌 B조의 국가를 적어가며 말했다.

"본선 토너먼트에 진출하려면 최소 3승이 필요하다. 아마 그중 가장 중요한 경기는 모레, 첫 경기인 일본전일 것이다. 우리에게도, 팬들에게도 어쩌면 한일전은 우승보다도 중요한 경기일 수도 있다. 너희도 절대 지고 싶지 않겠지. 선동인 감독님을 포함하여, 나 그리고 모든 코치가 공감하는 바다."

선수들은 김평호 수석 코치의 말에 집중했다.

"하지만 여러분이 알아야 할 것이 있다. 한일전을 포함해 예선 5경기를 모두 이기면 좋겠지만 예선은 단순히 본선으로 진출하기 위한 교두보라는 것이다. 우리의 1차 목표는 본선 토너먼트 진출. 일본을 상대하여 이겨도 본선에서 쓸이 힘 배분되지 않으면 상처뿐인 승리라는 뜻이다."

김평호 수석 코치의 말에 선수들은 살짝 웅성거렸다.

"무슨 말씀이시지? 열심히 하라는 거야, 말라는 거야?"

장만호가 옆에 앉은 구현진을 툭 치며 물었다.

"당연히 열심히 하라는 거지."

"그래? 넌 그렇게 들었냐?"

"코치님, 말씀하신다."

구현진의 말에 장만호가 곧바로 자세를 잡았다. 김평호 수석 코치가 화이트보드에 또다시 뭔가를 적었다.

"일본은 1차전에 당연히 에이스인 오타니 쇼이를 내정했다. 우리는 그 맞상대로 장원진을 내보낼 것이다."

김평호 수석 코치가 1차전 선발로 장원진을 내세우자 선수들 모두 놀란 표정을 지었다. 더욱이 당황한 쪽은 장원진이었다.

"내, 내가? 1차전 선발?"

3.

모레 있을 일본전 선발로 장원진이 발표되자 팬들은 난리가 났다.

┖헉! 이거 실화임? 진짜야? 아니, 왜?

└양현준이 아니고? 지금 뭐 하는 짓이지?

└진짜, 뭔 생각인지 모르겠다.

└양현준보다 장원진이 컨디션이 좋은가 보지.

└맞아! 장원진 무시하냐?

└에이스인 양현준이 나오는 게 맞지. 일본전인데.

└참 답답들 하네. 그렇게 따지면 구현진이 나와야지!

└이봐, 구현진은 예선전에서 못 던진다고 하잖아.

당연히 분위기는 어수선해지고 있었다.

구현진 역시 호텔에서 인터넷을 통해 기사를 보고 있었다. 지금도 기사에 댓글이 달리고 있었고, 대부분이 좋지 않은 반응이었다.

"이거, 일본전에 꼭 이겨야 하는데……."

구현진이 어두운 표정으로 중얼거렸다. 그때 지잉 하고 스마트폰이 울렸다.

"누구지?"

구현진이 스마트폰을 들어 확인했다.

혼조에게서 온 문자였다.

"어? 혼조네."

구현진은 곧바로 혼조가 보낸 문자를 확인했다.

[야, 경기 잘해.]

그것을 본 구현진이 피식 웃으며 곧바로 답장을 보냈다.

[경기에 출전하지도 않는데 무슨 말이야?]
[야, 인마. 선수가 등판을 안 해도 더그아웃에서 응원하고 해야지. 마운드에 안 오르면 뭐 아무것도 안 하냐? 국가대표면 책임감 가지고 해라.]
[하여간 말은 잘해. 그럼 넌 누구 응원할 거야.]
[나? 당연히 일본이지!]
[너, 교포잖아!]
[교포지만 국적은 일본이야. 겉으로는 일본 응원해야 해.]

구현진이 곧바로 답장을 보내기 위해 손가락을 움직였다.

[그래도 마음속으로는 대한민국을 응…….]

구현진은 여기까지 섰다가 손가락을 멈추었다. 혼조가 보낸 앞선 문자에서 '겉으로는'이라는 말이 걸렸다.
"겉으로?"
구현진은 잠시 생각하더니 이내 방금 썼던 문자를 지웠다.

군이 혼조를 몰아붙일 필요는 없었다. 혼조도 아마 어릴 적에 자기 정체성에 대해 고민했을 것이다.

그리고 만 18세가 되었을 때 선택해야 하는 국적.

혼조는 대한민국과 일본 사이에서 갈등했고 일본을 택했다.

그 과정에서 혼조는 얼마나 많은 고민을 했을까?

구현진은 잠시 그 생각을 하자 차마 대한민국을 응원해 달라는 문자를 보내지 못했다.

구현진의 손가락이 다시 움직였다.

[아카네는 뭐 해?]

[아카네는 잘 있어. 그런데 난 왜 자꾸 니가 내 동생을 신경 쓰는지 모르겠다.]

혼조에게서 날아온 답장에 구현진이 인상을 살짝 찡그렸다.

"새끼, 내가 아카네랑 연락하고 있는 걸 뻔히 알면서 이러네. 네가 오빠란 이 말이지?"

구현진은 혼조의 견제에 잠시 생각에 잠겼다. 그리고 다시 손가락을 움직였다.

[그냥 궁금해서 물어보는 거지. 그보다 아카네랑 경기 구경 와라. 같

이 보게.]

　[그렇지 않아도 다음 경기 때 갈 거야.]

　[다음에? 이번엔 안 오고?]

　[너 경기에 안 나오잖아.]

　[아, 나 경기 나올 때 온다고?]

　[그래. 등판하면 무슨 경기든 아카네랑 응원 갈 테니까 지지 마라.]

　[오케이! 알았어. 너희가 응원한다면 질 수야 없지.]

　[아무튼 경기 잘해!]

　[그래, 고맙다!]

　구현진은 그렇게 혼조와의 문자를 끝마쳤다. 그리고 잠시 스마트폰을 바라보며 중얼거렸다.

　"가만, 내가 나가는 경기가 일본전이면 어떻게 하지?"

　프리미어12 B조 예선 1차전 대한민국 VS 일본의 경기가 시작되었다.

　일본의 선발은 당연히 오타니 쇼이였고 대한민국의 선발은 장원진이었다.

　두 팀은 경기 시작 전부터 불꽃을 튀기고 있었다.

　격전지가 일본 도쿄 돔인 만큼 일본 응원단이 대부분이었다.

　다만 3루 측 더그아웃 뒤쪽에 대한민국 응원단이 있었다.

대략 교포를 포함해 200여 명이었다. 그들은 태극기를 흔들며 대한민국을 응원하고 있었다.

장원진이 불펜에서 투구를 하고 있었다.

그 모습을 선동인 감독과 투수 코치가 지켜보았다. 선동인 감독은 장원진 투구를 보고 걱정스러운 표정을 지었다.

"오늘 장원진의 투구가 왜 저러지?"

"아무래도 부담을 느끼는 것 같습니다."

"부담?"

선동인 감독은 장원진을 바라보았다.

그도 그럴 것이 프리미어12란 큰 대회와 예선 1차전, 무엇보다 대 일본전이라는 중압감이 장원진에게는 큰 부담감으로 찾아왔던 것이다.

어젯밤도 거의 잠을 설치다시피 했다. 선동인 감독은 장원진의 컨디션을 보고 표정이 어두워졌다.

"아무래도 오늘 힘들 것 같은데……."

선동인 감독은 혼잣말로 중얼거리며 다른 투수들을 살폈다. 아무래도 오늘 불펜을 빨리 가동해야 할 것 같았다. 그렇다고 지금 당장 선발 투수를 바꿀 수도 없었다. 이미 공식적인 라인업이 다 올라갔기 때문이었다.

'일단 장원진을 믿어보는 수밖에.'

선동인 감독은 그래도 장원진이라고 생각했다. 나름 큰 대회도 많이 출전했고, 1회만 넘기면 분명 자기 페이스를 찾을 것이라 예상했다.

하지만 선동인 감독의 예상은 크게 벗어났다.

1회 초 대한민국의 공격이 삼자범퇴로 끝난 후 장원진이 마운드에 올랐다.

초구 스트라이크를 잡은 후 2구째 역시 아슬아슬한 코스로 공을 던졌다. 확실하게 스트라이크라고 확신한 포수 강민오와 장원진.

하지만 심판은 볼을 선언했다.

강민오와 장원진은 순간 놀란 눈이 되었다. 그때부터 장원진의 투구가 조금씩 흔들리기 시작했다.

초반 중압감을 벗어나기 위해 고군분투를 펼치던 장원진은 심판까지 도움을 주지 않자 급격하게 흔들렸다.

"볼!"

이번에는 몸쪽으로 꽉 찬 공을 던졌는데도 주심은 볼을 선언했다. 포수 강민오는 고개를 절레절레 흔들었다. 더그아웃에서 지켜보는 코칭스태프들 역시 어이없는 표정을 지었다.

"또 볼이야? 이거 해도 해도 너무하네."

"어느 정도 주심이 장난질을 칠 것이라고 예상은 했지만 이건 정도가 좀 심한데?"

"조금 전에 저 코스, 스트라이크 잡아주지 않았어?"

"내 말이 그 말이야."

"원진이가 이겨내야 하는데……."

그러나 코칭스태프의 걱정과 달리 장원진은 많이 흔들리고 있었다. 원래 장원진은 힘으로 던지는 투수가 아니었다. 제구력으로 승부를 펼치는 투수였다.

그런데 그 제구력이 외부 요인으로 인해 통하지 않자 심적인 압박감과 함께 흔들리고 만 것이었다.

"하아, 하아……."

숨을 가쁘게 몰아쉬며 장원진은 다음 사인을 기다렸다.

강민오는 신중하게 사인을 보냈다. 그 역시 현재 장원진의 상황을 이해하고 있었기에 더욱 그러했다.

사인을 주고받고, 장원진이 힘껏 공을 던졌다.

펑!

바깥쪽 꽉 찬 공이 들어갔다.

포수 강민오는 이번에야말로 스트라이크라고 확신했다.

심판 역시 손이 움찔했지만 움직이지는 않았다.

"볼……."

포수 강민오가 눈을 크게 뜨며 고개를 홱 돌렸다.

심판은 그런 강민오의 눈을 피하며 딴청을 부렸다.

'제기랄. 아예 작정했네. 했어!'

강민오가 인상을 찡그렸다. 그리고 마운드에 있는 장원진에게 걸어갔다. 1회 선두타자에게 볼넷을 내준 것 때문이 아니었다. 지금 주심의 상황을 전하는 것이 우선이었다.

"원진아, 주심이 장난질을 심하게 치네. 어떻게 할래?"

"뭘 어떻게 해. 지금으로서는 맞혀 잡아야지."

"그래야겠지? 알겠다."

강민오가 장원진을 가볍게 툭 친 후 자신의 자리로 돌아갔다. 그 후 강민오는 맞혀 잡기 위한 사인을 보냈다.

하지만 이미 흔들린 장원진의 공이 자꾸만 가운데로 몰렸다.

그것을 일본 타자들은 놓치지 않았다.

그 결과 멘탈이 무너진 장원진은 3회까지 연속 볼넷과 안타로 4점을 내줬다.

4회 말마저 장원진은 제 실력을 보여줄 수 없었다. 원아웃을 잡아놓은 상황에서 볼넷을 내줬다. 그러자 곧바로 투수 코치가 움직였다.

"더 이상 안 되겠습니다. 투수를 교체해야 할 것 같습니다. 이대로 가다가는 원진이가 무너집니다. 무너지면 다음 경기에도 영향을 미칠 겁니다."

"불펜은?"

"3회부터 몸을 풀고 있었습니다."

"알겠네."

선동인 감독의 허락이 떨어지고, 투수 코치가 곧바로 마운드를 방문했다.

장원진의 표정이 좋지 않았다.

"고생했어. 들어가 쉬어."

장원진이 고개를 푹 숙이며 투수 코치에게 공을 건넸다.

그러나 뒤이어 들어온 불펜 투수 역시 장원진과 마찬가지로 일본 타자들에게 털렸다.

중요한 순간마다 볼넷이 나오고, 득점권에게는 안타를 허용했다. 스트라이크성 공은 여전히 볼로 판정되었다. 이렇게 되면서 경기는 거의 일방적이었다.

일본 응원단은 환호하는 반면, 대한민국 응원단은 침울했다. 더그아웃의 분위기도 달랐다.

그 결과 대한민국은 일본에게 10 대 0으로 대패했다. 오타니 쇼이는 8이닝 무실점으로 2019 프리미어12에서 첫 승을 거두었다.

그날 저녁 미국의 중계진들과 각 나라 중계진들은 심판 배정에 대해 의견을 나누었다. 원래 예정된 심판진이 아닌, 대만 주심이 배정되었다.

경기 전 갑자기 바뀌어 버린 것이다.

운영진은 그들의 안이한 경기 진행을 인정했지만, 경기는 이미 끝나 버린 후였다. 무엇보다 대만 주심의 스트라이크존을 강하게 비판했다.

└대한민국의 스트라이크존은 좁은 반면, 일본의 스트라이크존은 태평양 같았다.

미국은 자료 화면까지 보여주며 강하게 비판했다. 이에 네티즌들 역시 일본을 강하게 조롱했다.

└야, 일본 쪽바리들아. 그렇게라도 해서 이기고 싶더냐!
└에이, 드럽다! 드러워.

일본 네티즌도 자국 감싸기에 들어갔다.

└내가 보기에는 정확했구만 꼭 패자가 말이 많아.
└어차피 한국 애들 오타니 쇼이의 공 하나도 못 건드렸는데 굳이 스트라이크존을 따져야 하나? 그냥 조용히 있지.
└지랄들을 떨어요. 아주 그냥 지니까 난리네.
└난 일본 사람인데 솔직히 스트라이크존은 조금 부끄러웠지. 너무 대놓고 한 느낌이 없지 않아 있었어. 이건 좀 아니다 싶네.

그나마 일본 사람 중에도 양심을 가진 사람은 있었다.

패장인 선동인 감독도 스트라이크존에 대해 강하게 항의했다. 하지만 대한민국의 행동은 항의로 그칠 뿐, 승패 번복은 없었다.

무엇보다 일본은 손해 볼 것이 없었다. 아무리 뒤에서 안 좋은 소리를 해도 결과만 두고 보면 10 대 0으로 대승을 거둔 것이었다.

이 모든 것을 지켜본 구현진은 주먹을 불끈 쥐었다.

'새끼들 게임 한번 더럽게 하네. 두고 봐! 본선에서 만나면 절대 가만두지 않겠어.'

구현진은 의지를 강하게 불태웠다.

대한민국은 1차전에서 패배한 후 호텔로 돌아왔다.

분위기는 축 처져 있었다. 그 누구도 말하지 않고 일단 자신들의 숙소로 들어갔다.

무엇보다 장원진의 기분은 말이 아니었다. 누군가 가서 위로해 주고 싶었지만, 쉽사리 다가갈 수 없었다. 그의 심정을 다들 조금이나마 이해할 수 있었기 때문이었다.

다만 선동인 감독과 코칭스태프들이 위로의 말을 건넸다.

한편, TV로 경기를 지켜본 혼조와 아카네는 마음이 무거워졌다. 일본을 응원한다고 했지만 못내 대한민국의 승리 역시 바라고 있었다.

그리고 일본이 일방적으로 공격을 퍼붓고 있을 때 솔직히 기쁨을 표현하지 못했다. 그것은 아카네도 마찬가지였다.

경기가 끝난 후 방으로 온 아카네는 스마트폰을 들고 꼼지락거렸다.

구현진에게 문자를 보내고 싶은데 무슨 말을 해야 할지 딱히 떠오르지 않았다.

그때 문을 두드리는 소리가 들렸다.

"네."

"아카네, 오빠야."

"들어와."

문이 열리고 혼조가 들어왔다. 침대에 걸터앉아 스마트폰을 매만지고 있는 아카네의 모습이 보였다.

"역시…… 그럴 줄 알았다."

혼조는 아카네의 모습이 예상되었던 모양이었다.

아카네는 혼조를 바라보며 물었다.

"오빠, 뭐라고 보내지? 보내면 실례일까?"

아카네의 눈가에는 이미 눈물이 글썽이고 있었다.

그 모습을 본 혼조가 낮게 한숨을 내쉬었다.

"하아……. 그럴 땐 그냥 '오빠 힘내세요'라고 보내면 돼! 어렵게 생각할 필요 없어."

"정말? 정말 그렇게만 적으면 될까?"

아카네는 반복해서 물었다.

혼조가 고개를 끄덕였다.

"그래, 그렇게만 적어서 보내면 돼. 그 녀석은 워낙에 단순한 놈이라 네가 자길 생각해 주는 것만으로도 좋아할 거야."

"응, 그럼 보낼게."

"그래."

혼조는 피식 웃으며 아카네의 방을 나갔다. 아카네는 스마트폰을 들어 곧바로 구현진에게 문자를 보냈다.

[오빠, 힘내세요!]

그리고 송신을 누른 후 가만히 스마트폰을 바라보았다.

그 시간 구현진의 스마트폰은 호텔 방 침대 위에 있었다.

지잉!

구현진의 스마트폰이 울리며 아카네가 보낸 문자가 왔다.

하지만 구현진은 방에 없었다.

첫 패배로 인해 팀 분위기가 많이 가라앉아 있었다. 이런 상태에서 방 안에 가만히 있을 수 없었다. 그래서 장만호와 함께 간단히 캐치볼이라도 하기 위해 밖에 나와 있었다. 그런 줄도 모르고 아카네는 하염없이 답장을 기다리고 있었다.

4.

양현준이 트레이닝복을 입고 호텔을 나섰다. 호텔을 벗어나 조금만 걸으면 둑길이 나왔다. 그곳에서 가볍게 러닝을 할 생각이었다.

그때 양현준 옆으로 누군가 나타났다. 양현준이 고개를 돌렸다. 그 옆에는 구현진이 가볍게 뛰고 있었다.

"혼자 뛰시면 심심하실 것 같아서요."

구현진의 말에 양현준이 피식 웃었다.

"심심하지는 않지만…… 굳이 같이 뛰고 싶으면 해도 돼."

양현준이 천천히 뛰기 시작했다. 그 옆에서 보조를 맞추며 구현진이 함께했다. 두 사람은 한동안 말없이 러닝을 했다.

그렇게 약 10여 분을 뛴 후 양현준이 물었다.

"야, 너도 지금 던지고 싶냐?"

"팀 사정 때문에 못 던지고 있지만, 솔직히 던지고 싶어요."

"그럼 그냥 던져 버려! 팀이 뭐라고 하든지 간에."

"정말 그렇게 해버릴까요?"

구현진의 눈빛은 진심이었다. 정말로 던지고 싶어 했다.

그 모습에 양현준이 실실 웃었다.

"야, 됐어. 잘못했다가 찍히면 어쩌려고 그래. 그럼 다시는 국가대표에 차출되기 힘들걸? 그리고 굳이 프리미어12에 힘쓸 필요가 있나? 나중에 아시안게임이나, 올림픽도 나가야 할 텐데 말이야."

양현준의 말을 듣고 구현진이 고개를 끄덕였다.

"아, 그러네요."

"하핫, 너 진짜 웃긴다!"

양현준은 크게 웃음을 흘렸다.

구현진이 그 모습을 의아하게 여겼다.

"현진이 형 말처럼 진짜 순진하네. 놀리는 재미가 있어."

"현진이 형이 그랬어요?"

"그래."

"거참, 현진이 형은 안 해도 될 말을 하고 다닌단 말이에요. 나중에 한마디 해야겠어요."

"야, 그럼 난 뭐가 되냐?"

"아, 또 그러네요."

"하하하, 이놈 봐라?"

양현준과 구현진은 잠시 쉴 겸 벤치에 앉았다. 물을 마시기도 하고 여러 이야기를 나누면서 좀 더 친해졌다.

그러다가 구현진이 조심스럽게 물었다.

"선배님, 우리 예선은 통과할 수 있겠죠?"

"그럼, 당연하지. 고작 한 경기 졌다고 주눅 들고 그러지 않

아. 첫 번째 대회에서도 일본에게 졌었잖아. 그래도 결국엔 준결승에서 앙갚음은 해줬고. 우리가 그리 호락호락하진 않지. 너도 그럴 생각 아냐?"

"당연하죠. 이대로 물러서면 말이 안 되죠."

"그래."

구현진은 양현준과 이런저런 이야기를 나눴다.

특히 양현준은 팀의 에이스가 가져야 할 마음가짐에 대해 진지하게 알려주었다.

"내가 계속 에이스로 있을 수는 없어. 아마…… 앞으로는 네가 이 자리를 물려받겠지. 그때까진 내게 짊어진 책무에 최선을 다할 거야. 그게 나를 믿어주는 동료, 팬들에 대한 최소한의 감사니까."

"예, 선배님! 걱정 마세요. 최선을 다할 겁니다."

"그래. 시원시원하니 좋다. 자…… 그럼 일단은 내일 경기부터 이겨야겠네."

양현준이 내일 있을 도미니카 공화국과의 예선 2차전을 언급하며 자리에서 일어났다.

구현진 역시 자리에서 일어나며 말했다.

"그럼요. 선배님은 최고니까요."

구현진이 양손 엄지손가락을 세우며 양현준을 추켜세워 주었다.

구현진의 응원에 양현준이 피식 웃었다.

"고맙다."

그렇게 말하고는 시계를 보았다.

"어? 야, 시간 됐다. 들어가자. 회의 시작하겠다."

"예."

다음 날. 대한민국은 도미니카 공화국을 꺾고 2019 프리미어12에서 첫 승리를 거뒀다.

에이스 양현준을 앞세운 대한민국은 이대후의 역전 투 런 홈런을 신호탄으로 타선이 폭발하며 9 대 1 대승을 거두었다. 전날 일본에게 패했던 아픔을 말끔히 씻어내는 하루였다.

에이스 양현준은 1회 볼넷을 하나 내주긴 했지만 아웃카운트 세 개를 모두 삼진으로 잡는 등 4회까지 삼진 7개를 빼앗으며 상태 타선을 틀어막았다.

대한민국 타선도 도미니카 공화국의 투수 라몬 피에라에게 꽁꽁 묶여 5회 2사까지 제대로 된 안타 하나 기록하지 못했다.

하지만 라몬 피에라가 7회 마운드에서 내려가자마자 대한민국 타자들이 불펜 투수를 공략했다. 선두타자 이정우가 볼넷을 골라 나가고, 손아숩의 내야 땅볼로 2루까지 진루했다.

그리고 다음 타자가 낮게 깔린 시속 146㎞짜리 직구를 걸어 올려 왼쪽 담장을 넘겨 버렸다.

이 순간 대한민국의 타선이 폭발하며 연속 6안타로 상대 마운드에 뭇매를 가했다. 공격의 고삐를 놓치지 않은 대한민국은 8회와 9회에도 점수를 뽑아냈다.

대한민국의 마운드는 차우춘과 우규연이 단단히 책임졌고 그 결과 대표 팀은 첫 승을 신고할 수 있었다.

첫 승을 신고한 이후 대한민국은 거침이 없었다.

그다음 날 대표 팀은 베네수엘라를 상대로 자이언츠의 안경잡이 에이스 박세웅을 내세웠다.

박세웅은 포크볼을 앞세워 베네수엘라 타선을 농락했다. 대한민국 타선 역시 폭발하며 11 대 2로 대승을 거두었다.

이날 히어로는 박세웅이었다.

당연히 인터뷰의 주인공도 박세웅이었다.

"오늘 어떤 마음으로 경기에 임하셨습니까?"

"원래 대표 팀 막내 투수는 저였는데 이번에 저보다 더 대단한 막내가 들어오고 말았습니다. 그 바람에 선배님들한테 이쁨받는 제 자리를 뺏기게 생겼네요. 이쁨받기 위해 열심히 던졌습니다."

박세웅은 익살맞게 인터뷰에 응했다.

그의 재치 있는 대답에 리포터가 웃으며 질문을 이어갔다.

"재밌는 일이네요. 혹시 그 대단한 막내가 구현진 선수인가요?"

"네, 대단한 놈이에요."

"그럼 혹시 구현진 선수를 라이벌로 생각하고 계신가요?"

그 질문에 박세웅이 눈을 가늘게 뜨며 카메라를 향해 손가락을 가리켰다.

"현진아, 오늘 선배들 열심히 하는 거 봤지? 넌 더 잘해야 해, 꼭!"

이런 박세웅의 돌발적인 행동도 대표 팀의 분위기가 좋아졌다는 방증이었다. 실제로 호텔로 향하는 대표 팀 선수들의 표정이 매우 밝아져 있었다.

선동인 감독을 포함한 코칭스태프는 이런 팀 분위기가 다음 경기까지 이어지길 바랐다.

하지만 멕시코전은 순탄하지 않았다.

멕시코전 선발인 정현식은 5회까지 단 1실점으로 막아내며 스타트를 좋게 끊었다. 그런데 불펜이 컨디션 난조를 보이며 3점이나 내주고 말았다.

다행히 타자들이 상대 팀 불펜을 털어내며 8회 말 대거 5득점을 하며 7 대 4로 승리를 거뒀다.

현재 B조 순위는 전승 중인 일본이 1위, 2위가 대한민국, 캐나다, 4위가 멕시코, 5위가 베네수엘라, 6위가 도미니카 공화국이었다.

대한민국 대표 팀은 마지막 5차전을 앞두고 대회의실에 모였다.

이번 회의의 목적은 컨디션 난조를 보이고 있는 불펜 강화였다.

도대체 뭘 잘못 먹었는지 불펜 주력 투수들이 모두 탈이 나버렸다. 결국 대한민국 대표 팀은 상비군에서 불펜 원종훈과 이민우를 올리고, 차우춘과 우규연을 본국으로 보내 치료를 시켰다.

대대적인 정비였다.

불펜에서 점수를 내주며 타자들이 득점해야 한다는 중압감 때문에 제대로 된 타격을 할 수 없었기 때문이었다.

그 결과, 5차전 캐나다에서 장원진이 6회까지 1실점 호투를 펼쳤고, 불펜도 안정감을 되찾았다.

마무리 임재윤마저 마운드를 지켜내며 대한민국은 캐나다를 상대로 2 대 1 승리를 거두었다.

이로써 대한민국은 예선을 4승 1패로 마무리할 수 있었고, 그 결과 B조 2위로서 본선 토너먼트에 진출하게 되었다.

B조 1위는 당연히 5승을 한 일본이 차지했다.

이로써 프리미어12 본선 토너먼트 진출국이 확정되었다.

A조

1위 쿠바 5승 0패.

2위 네덜란드 4승 1패.

3위 미국 3승 2패.

4위 푸에르토리코 1승 4패.

B조

1위 일본 5승 0패.

2위 대한민국 4승 1패.

3위 캐나다 3승 2패.

4위 멕시코 1승 4패.

11월 16일 펼쳐지는 8강전 본선 토너먼트는 다음과 같다.

A조 1위 쿠바 vs B조 4위 멕시코의 1차전.

A조 3위 미국 vs B조 2위 대한민국의 2차전.

A조 2위 네덜란드 vs B조 3위 캐나다의 3차전.

A조 4위 푸에르토리코 vs B조 1위 일본의 4차전.

준결승전은 11월 20일 펼쳐진다.

1차전 승자와, 2차전 승자.

3차전 승자와, 4차전 승자.

여기서 승리한 팀이 11월 21일 결승전을 치르며, 같은 날 오전에는 3, 4위전이 벌어진다.

대한민국과 일본이 B조 1, 2위였기 때문에 다시 붙으려면 결승전밖에 없었다.

대한민국의 8강전 첫 상대는 미국이었다. 미국은 마이너리그 팀으로 구성되었다. 제1회 대회 때와는 전력이 다소 떨어진다는 평가를 받고 있었다.

하지만 타선의 무게감만큼은 무시할 수 없었다. 1번부터 9번까지 모두 한 방이 있는 무시무시한 타선이었다.

이에 대한민국 대표 팀은 회의를 가졌다.

선동인 감독이 있는 와중에, 김평호 수석 코치가 회의를 주도했다.

"8강전 상대는 미국입니다. 원래 계획대로 구현진을 선발로 내보낼까요?"

"하지만 4강전은 쿠바인데……."

투수 코치가 넌지시 말을 꺼냈다.

선동인 감독은 눈을 살짝 찡그렸다. 8강 미국전도 중요하지만, 그다음 경기는 아마 최강 쿠바였다. 절대 무시할 수 없는 상대였다.

물론 대한민국이 8강전에서 승리하고, 쿠바 역시 승리한다

는 전제가 깔려야 하겠지만 쿠바의 8강전 승리는 거의 확실시
되는 상황이었다.

선동인 감독은 이런저런 고민을 거듭했다.

솔직히 미국은 마이너리그 선수로 구성되어 있었다. 예선전
에서 2패나 할 정도로 전력이 약했다.

그러나 지난 프리미어12 예선전에서 대한민국은 미국에게
3 대 2로 일격을 맞았다. 결승전에서는 8 대 0으로 이겼지만,
어쨌든 쿠바든, 미국이든 무시할 수 없는 전력이었다.

과연 본선 토너먼트에 올라오자 한 경기 한 경기 쉬운 것이
없었다.

선동인 감독은 고심 끝에 결론을 내렸다.

"계획대로 가자. 만약 구현진을 4강전에 올리면 결승전에 올
리지 못한다."

선동인 감독의 말에 투수 코치가 나섰다.

"너무 앞서 생각하시는 건 아닐까요? 리그가 아니라 토너먼
트입니다. 구현진이 미국전을 잘 소화해 준다면 좋겠지만 쿠바
전에 내보낼 선수도 생각해 둬야 할 듯합니다."

대표 팀의 에이스 양형준이 있긴 하지만 예상치 못한 변수
가 생길 수 있는 법. 카드는 많을수록 좋다는 뜻이었다.

그러자 선동인 감독이 투수 코치를 보았다.

"틀린 말은 아니네. 나도 그 생각을 전혀 하지 않는 것은 아

니야. 하지만 우리가 우승하러 왔지, 8강, 4강이 목표는 아니지 않나."

"그럼 4강전은요?"

"4강은 일단 양현준에게 맡겨야지. 하지만 상대가 상대이니만큼 모든 가능성을 열어두는 게 좋겠네. 선발진 모두 대기해야겠지."

선동인 감독의 단호한 말투에 코치진이 잠시 입을 다물었다. 하지만 그들은 아직 검증되지 않은 구현진을 결승전에 쓴다는 것이 불안했다.

물론 연습 투구를 통해 구현진의 가치가 충분히 입증되긴 했지만 '실전에서도 과연 그렇게 될까?'라는 의문이 드는 것 역시 어쩔 수 없는 일이었다.

그렇다고 결정권자인 선동인 감독의 의견을 무시할 수도 없었다. 일단 믿고 가는 수밖에 없었다.

"알겠습니다. 어차피 구현진 역시 8강전 등판을 생각하고 있는지, 루틴을 그곳에 맞췄나 보겠습니다."

투수 코치가 조용히 말했다.

선동인 감독이 고개를 끄덕였다.

"그럼 8강 미국전 선발은 구현진이네."

"알겠습니다."

그렇게 구현진의 8강 미국전 선발이 확정되었다.

5.

"와우! 이기 뭐꼬? 진짜 참말이가? 내가? 이거 진짜 믿기나?"

장만호는 펄쩍펄쩍 날뛰었다.

그 모습을 보던 구현진이 미소를 지었다.

"자식, 그리도 좋나?"

구현진이 중얼거릴 때 장만호가 몸을 돌려 뛰어왔다.

"현진아, 니 내 볼 한번 꼬집어봐라."

"왜?"

"진짜 참말인지 확인 좀 해보자."

"안 그래도 돼. 진짜니까."

"아니, 내 눈으로 직접 봐도 믿기지가 않는다. 어떻게 내가 미국전 선발이야?"

장만호는 8강 미국전에 9번 타자, 포수로 등재되어 있었다. 그것을 확인하고 기뻐서 난리를 친 것이었다.

물론 구현진 전담 포수로 장만호가 내정된 것인 줄도 모르고 말이다. 아니, 어쩌면 알고 있을지도 몰랐다.

하지만 지금은 그런 것을 따질 때가 아니었다.

일단 선발 선수로 출전하는 것이 좋았다.

그때 장만호의 모습을 본 강민오가 다가왔다. 그리고 장만호의 머리를 냅다 후려갈겼다.

　따악!

　"아얏! 어떤 새끼야!"

　장만호가 머리를 뒷머리를 감싸며 고개를 홱 돌렸다. 그곳에는 강민오가 웃고 있었다.

　"어떤 새끼, 여기 있다."

　"아, 하하. 서, 선배님이셨습니까?"

　장만호는 강민오를 보곤 곧바로 허리를 숙였다.

　그런 후배가 귀여웠는지 강민오는 장만호를 보며 말했다.

　"머리 아프지?"

　"네, 무지 아프네예."

　"그럼 꿈 아니지?"

　"앗! 그, 그러네예."

　"꿈 아니니까, 정신 똑바로 차려. 네 리드에 우리 팀이 준결승으로 올라가느냐, 못 하느냐가 달렸으니까. 알겠나!"

　"넵! 선배님!"

　"그래, 수고해라."

　"들어가 쉬십시오, 선배님!"

　장만호는 깍듯하게 인사를 한 후 얻어맞은 부위를 문질렀다. 아직 뒤통수에 고통이 남아 있었다. 이것으로 확실하게 꿈이 아니라는 것은 알았다.

"가만. 내가 이러고 있을 때가 아니제. 순정이한테 말해줘야
지."

장만호는 주머니를 뒤져 스마트폰을 꺼내 곧바로 이순정에
게 전화를 걸었다.

"내다, 오야. 잘 있다. 밥도 잘 묵고 있고. 하모. 순정아, 니
내 말 단디 들어라. 내 있잖아, 8강전 선발이다. 진짜다. 니도
못 믿겠제? 나도 그렇다. 그럼, 잘해야지. 암……."

장만호가 구석에 앉아 흐느끼며 이순정과 통화하는 모습을
보고 갑자기 구현진도 스마트폰을 꺼냈다.

그리고 집에 계신 아버지에게 전화를 넣었다.

"아버지, 저예요."

구현진은 구석진 곳으로 가서 통화했다.

구현진이 아버지와 통화를 마치고 돌아왔는데도 장만호는
이순정과 통화 중이었다.

"정말 대단하다. 대단해!"

구현진이 장만호에게 다가갔다. 장만호는 구현진이 다가오
자 손을 들어 잠시 기다리라고 했다.

"알았다. 잘할게. 걱정 마라."

-우리 한방이랑 같이 보고 있을 테니까, 홈런 하나 치라. 알

왔제!

"니는 지금 이 상황에서 홈런 치라는 말이 나오나. 난 떨려 죽겠는데."

-니, 그래 가지고 국가대표 주전 포수 될 수 있겠나!

"주전 포수? 나 아직은 생각 읇는데."

그러자 곧바로 이순정의 고함이 들려왔다.

-야! 무슨 남자가 그렇게 야망이 읇노! 한방이한테 부끄럽지 않나!

"그거랑 한방이랑 뭔 상관이고."

-와 상관이 읇노! 아부지가 만날 천 날 백업으로 있으면 좋아하겠나!

"알았다, 알았어. 열심히 할게."

-그래! 그래야 내 서방이지! 힘내구. 푹 쉬어.

"그래."

-아, 한방이한테 한마디 해.

"한방아, 아빠 잘할게."

장만호는 세상에서 가장 고운 목소리로 말했다. 그리고 전화를 끊은 후 한숨을 길게 내쉬었다.

"하아……"

"뭔 한숨이야?"

구현진의 말에 장만호가 고개를 돌렸다.

"아니다."

"아니긴 뭘 아냐. 그보다 만날 그렇게 잡혀 살면 어떻게 하냐?"

"흥! 니는 조용히 해라. 여자도 없는 놈의 말은 듣기 싫다."

장만호가 말을 하며 구현진을 힐끔 보았다. 그런데 구현진의 표정이 묘하게 바뀌었다. 그것을 본 장만호가 눈을 번쩍하고 떴다.

"니 뭐꼬?"

"내가 뭐?"

"방금 니 행동 뭐냐고. 니 누구 있는 것 같다?"

"이, 있긴 뭐가 있어. 헛소리하지 말고 빨리 잠이나 자라."

구현진이 화제를 돌리자 장만호는 확신을 가졌다.

"야, 니 혹시 진짜가? 고하라랑……."

"아! 뭔 소리야! 아니야."

구현진은 강하게 부정했다.

"뭐꼬? 아니면 아니지 뭘 그리 정색하노. 니 진짜 수상하네. 니, 내한테 비밀 있나?"

"아니라니까. 뭐, 고 뭐? 만나지도 않았다고 몇 번을 말하냐!"

"그럼 전에 그 스캔들은 뭐꼬?"

"아니라고! 그딴 건 보면서 정정기사는 안 보냐?"

"아인데. 수상한데."

장만호는 계속해서 의심의 눈초리를 보냈다. 그럴수록 구현진은 손을 세차게 흔들었다. 급기야 자리에서 일어나 도망을 쳤다.

장만호도 자리에서 일어나 구현진의 뒤를 쫓으며 계속해서 추궁했다.

"게안타! 내한테만 말해라. 맞제? 확실하제?"

"아니라고, 아니라고 했잖아!"

"에이, 맞는 것 같은데."

그렇게 두 사람은 장난을 치며 8강전 선발이라는 긴장감을 풀었다.

호텔 방으로 돌아가는 구현진과 장만호는 엘리베이터 안에서 대화를 나눴다.

"만호야, 우리 잘할 수 있겠지?"

"당연하지! 닌 내 리드만 믿고 던져라! 난 니 공만 믿고 리드할게. 고등학교 때부터 그러지 않았나."

"그래."

"우리 있잖아. 이번에 제대로 한번 해보자. 니 기억나나, 우리 고등학교 때 퍼펙트 할 뻔한 거."

"아아, 상대는 잘 기억 안 나는데 삼진은 많이 잡았던 것 같네."

"그래, 그때처럼 함 해보자! 알것제!"

"그래, 그때처럼 리드 잘해줘. 너 믿고 던질 테니까. 아니, 모든 타자를 삼진으로 잡아버릴 테니까."

"캬, 역시 우리 현진이. 통 크네. 그래, 싸그리 삼진으로 잡아버리자."

"그래."

구현진이 팔을 들어 파이팅 동작을 취했다.

장만호도 역시 같은 자세를 취하며 의지를 다졌다.

34장

우승을 향해

I.

11월 16일 오전. 프리미어12의 본선 토너먼트가 시작되었다. 삿포로 야구장에서 대한민국과 미국의 8강전이 펼쳐진다.

삿포로 야구장은 이미 많은 관중으로 가득 찼다.

그 속에서 장만호와 구현진이 가볍게 몸을 풀고 있었다. 그리고 반대편에는 미국 팀이 나와 몸을 풀었다.

미국 중계진은 미리 나와 자국 팀에 대한 이야기를 시작했다.

-미국이 선수 구성을 마이너리그 선수들로 했지만 투수만은 수준급으로 구성되어 있습니다.

-그렇습니다. 하지만 예선에서는 아쉽게 2패를 했지요.

-거의 1점 차 아니면 2점 차 패배였죠?

-예, 그것만 봐도 미국의 전력이 무시할 수 없는 수준이라는 것을 알 수 있지요. 방심해서 이길 수 있는 상대는 절대 아닙니다.

-그렇다면 대한민국을 좀 알아보죠. 선발 투수로 구현진 선수가 등판하네요?

-구현진은 현재 메이저리그 에인절스의 에이스로 활약하고 있습니다. 하지만 예선전에서는 나오지 않았고, 오랫동안 실전을 경험하지 못했습니다. 아무래도 감각이 많이 무뎌졌을 테고 미국의 타자들이라면 충분히 공략할 수 있을 겁니다.

-오늘 이 경기의 승자는 4강에 오르게 될 텐데 다른 쪽 결과도 주목해야 할 듯합니다.

-그렇습니다. 반대편에서는 쿠바와 캐나다가 경기를 치르고 두 경기의 승자가 준결승전에서 만나게 됩니다. 승부야 붙어보기 전에는 알 수 없지만 제 생각으로는 이 경기의 승자는 쿠바와 준결승전을 가지게 되지 않을까 싶습니다.

-아, 그렇군요. 하지만 만약 쿠바가 올라와도 큰 문제는 없겠죠. 역대 전적으로 봐도 미국이 쿠바를 크게 앞서고 있어요.

-그렇습니다. 대한민국, 아니, 구현진만 넘는다면 결승전까지는 무난할 것 같습니다.

-구현진이 9회까지는 던지지 않겠죠. 대한민국은 현재 불펜

이 많이 약한 상태라고 들었습니다. 그것을 노리게 될 것 같은 데, 어떻게 생각하십니까?

-그렇죠. 컨디션을 아무리 끌어올려도 완투는 부담스럽겠죠.. 9회까지 던지는 것은 어렵다고 봐야 합니다. 철인이 아닌 이상에는요. 아마 6회가 최대일 겁니다. 그 뒤에는 구현진 선수도 힘이 많이 떨어질 거예요.

-맞습니다. 굳이 구현진을 공략하지 못하더라도. 불펜을 공략하면 돼요. 이번 대회를 통해 대한민국의 불펜이 많이 불안하다는 것은 증명되었으니까요.

-네, 그럼 미국의 승리를 기원하며 잠시 후 시작될 경기 기다려 보겠습니다.

2.

몸을 푼 구현진이 더그아웃에 들어가 수건으로 땀을 훔쳤다.

그때 선동인 감독이 구현진을 불렀다.

"현진아, 너도 알다시피 현재 우리 팀 불펜이 많이 불안정해. 그러니 최대한 길게 던져줬으면 좋겠다. 해줄 수 있지?"

"알겠습니다, 감독님."

흔쾌히 수락했지만 구현진은 뭔지 모를 꺼림칙함을 느꼈다.

이닝을 많이 소화해야 한다는 부담감도 있었다.

물론 선발 투수로서 최대한 많은 이닝을 소화하는 것은 당연한 일이었지만, 감독이 특별히 부탁하는 만큼 일반적인 수준이 아닐 것 같았다. 그렇게 되면 아무래도 체력 조절에 소극적일 수밖에 없었다.

그것을 모를 리 없는 선동인 감독이었다.

"왜? 오래 던지라고 하니까 부담스러워?"

"그런 건 아니지만……."

"이닝을 길게 던져야 해서 힘껏 못 던질까 봐?"

선동인 감독은 투수 출신답게 정확하게 구현진의 마음을 알고 있었다.

"네."

구현진이 고개를 끄덕였다.

그러자 선동인 감독이 피식 웃었다.

"너, 공 몇 개까지 던져봤나?"

"트리플A에서 120구 가까이 던졌던 것 같습니다."

"경기에서?"

"네."

"그래? 그럼 150구까지 괜찮겠네."

선동인 감독이 당연하다는 듯 말을 내뱉었다.

그 말을 들은 구현진이 힘차게 고개를 끄덕였다.

"던질 수 있습니다. 아니, 던지라고 하시면 던지겠습니다."

"그럴 각오로 던져! 150구 될 때까지는 너 내리지 않을 테니까."

"최선을 다하겠습니다."

"너만 믿는다."

그렇게 얘기를 마친 구현진이 벤치로 와서 앉았다.

"150구? 팀에서 난리 나겠는데."

구현진이 혼잣말로 중얼거릴 때 장만호가 다가와 장난스럽게 말했다.

"150구라고? 이야, 오늘 현진이 피똥 싸겠네."

"그딴 것 신경 쓰지 말고 꽉꽉 리드해. 네가 던지라고 하는 곳에 던져줄 테니까."

"알았다."

그리고 곧바로 경기가 시작되었다.

마운드에 오른 구현진은 첫 타자를 상대로 바깥쪽 높은 곳으로 하나, 낮은 쪽 공 하나를 던졌다.

둘 다 볼 판정을 받았고, 다시 바깥쪽으로 공을 넣었다.

그때 주심의 손이 올라갔다.

"스트라이크!"

그 순간 구현진의 입술이 슬쩍 올라갔다.

'저기구나!'

구현진이 초구와 2구를 던지고 3구째 공을 던지며 주심의 스트라이크존을 확인했다.

볼 카운트는 2스트라이크 2볼. 구현진은 몸쪽 높은 코스를 확인했다.

퍼엉!

"스트라이크. 삼진 아웃!"

하지만 몸쪽 코스는 아직 파악되지 않았다.

그래서 두 번째 타자를 상대로 몸쪽 코스를 던지며 스트라이크존을 확인했다.

'아, 여기까지가 스트라이크구나. 오케이!'

구현진이 가볍게 고개를 끄덕였다.

구현진이 이토록 스트라이크존을 정확하게 파악하려는 이유는 지난 경기에서 심판이 장난을 심하게 쳤기 때문이었다.

물론 경기 들어가기 전 배터리 코치로부터 당부도 들었다.

구현진과 장만호는 스트라이크존 확인을 모두 마쳤다.

그때부터 장만호의 공격적인 리드가 시작되었다.

1회째는 세 타자를 상대로 공을 17개나 던졌다. 이때는 아직 스트라이크존에 대해 파악하기 위한 공을 던졌기 때문이었다.

그렇게 1회를 마치고 더그아웃으로 들어온 구현진이 장만호를 바라보며 물었다.

"파악했어?"

"너는?"

"난 끝났지."

"나도 파악 끝났어."

"그럼 이제부터 빨리빨리 가는 거지?"

"그래, 걱정 마."

구현진이 장만호와 이야기를 마친 후 2회, 마운드에 올랐다. 로진백을 주무른 뒤 구현진은 미국 팀 4번 타자를 상대로 삼구삼진을 잡아냈다.

"스트라이크 아웃!"

4번 앤드류 마일드는 초구와 2구가 스트라이크로 들어왔기에 세 번째 공은 유인구가 들어올 것이라 생각했다.

그런데 바깥쪽에서 휘어져 들어오는 슬라이더가 스트라이크존에 꽂혔고 앤드류 마일드는 반응도 하지 못하고 꼼짝없이 당해 버렸다.

그리고 들어선 5번 타자 역시 초구로 스트라이크를 잡은 후 2구를 바깥쪽으로 공을 빠뜨리며 헛스윙을 유도. 3구째 몸쪽으로 떨어지는 공을 던져 또다시 헛스윙을 이끌어내 삼진을 잡아냈다.

6번 타자가 타석에 들어서면서 생각했다.

'이번에는 유인구로 잡나?'

미국 팀 6번 타자는 어떤 공을 노려야 할지 도무지 감을 잡을 수 없었다. 초구 낮은 코스에 볼, 2구 바깥쪽 꽉 찬 코스에 스트라이크. 3구째 몸쪽으로 휘어지는 슬라이더를 때려 파울이 되었다.

4구째 바깥쪽으로 꽉 차게 날아가던 공이 홈 플레이트 앞에서 마치 멈춘 듯 툭 하고 떨어졌다.

바로 구현진의 전매특허인 체인지업이었다.

그 공에 6번 타자가 헛스윙을 하며 삼진 아웃이 되었다.

이로써 구현진은 2회 초에만 세 타자를 연속 삼진으로 돌려세웠다.

-오오, 구현진 대단합니다. 1회에는 17개의 공으로 삼자범퇴로 막아내더니, 2회에는 공 10개로 깔끔하게 막아냈습니다.

-그가 왜 메이저리그 정상급 투수인지, 왜 에인절스의 에이스인지 절실하게 보여주고 있습니다.

-이렇게 되면 마이너리그 타자들은 구현진의 공에 전혀 손도 대지 못할 것 같은데요.

-아니, 누가 저런 공을 보고 실전 감각이 무뎌졌다고 말을 하겠습니다.

-정말 대단합니다.

중계진도 감탄사를 내뱉었다.

관중들도 구현진이 삼진을 잡을 때마다 큰 박수와 함께 환호성을 질렀다. 그리고 구현진이 2스트라이크가 되면 어김없이 함성이 들려왔다.

"삼진! 삼진! 삼진!"

관중들의 환호에 화답하듯 구현진은 곧바로 삼진을 잡아버렸다.

선동인 감독은 그런 구현진의 모습을 지켜보며 뿌듯했다.

'역시 잘 뽑았어.'

그때 김평호 수석 코치가 다가왔다.

"감독님, 걱정은 기우였네요. 현진이의 기세가 너무 좋습니다."

김평호 수석 코치는 지금 투구하는 구현진의 모습을 보고 지난 시간 걱정했던 것이 말끔히 씻겨 내려가는 느낌이 들었다.

"타자들이 선취점만 뽑아준다면 충분히 이길 수 있을 것 같습니다."

경기는 3회까지 진행되었다. 이때까지 양 팀 모두 득점하지 못하고 있었다. 구현진이 완벽한 투구를 펼치는 사이 미국 팀 투수도 대한민국의 타자를 상대로 호투를 펼치고 있었다.

구현진의 괴물 같은 투구는 계속 이어졌다.

3회 7, 8, 9번 타자를 잡아내며 1회부터 3회까지 아홉 타자를 연속 삼진으로 잡아내었다.

관중들은 믿기지 않는다는 듯 탄성을 내뱉었다.

중계진 역시 '언빌리버블', '판타스틱'을 외치며 구현진의 투구에 혀를 내둘렀다.

마지막 타자를 잡고 구현진은 실실 웃으며 내려왔다.

대한민국 대표 팀 4번 타자 이대후가 그런 구현진을 보았다.

"마, 진짜 잘하네. 힘 너무 쓰는 거 아이가?"

"괜찮습니다, 선배님! 지금 너무 재밌어요. 긴장도 전혀 안되고요."

"맞나?"

"네, 감독님이 150구 던지기 전까지는 내리지 않겠다고 했거든요. 그때까지 마음껏 던지려고요."

구현진은 별일 아니라는 듯 실실 웃으며 말했다.

그런 구현진을 보며 이대후가 어이없는 웃음을 흘렸다.

'점마 뭐꼬? 이렇게 큰 경기에서 어떻게 저렇게 태연할 수 있노? 진짜 이번이 국대 경기 처음 맞나?'

구현진은 대수롭지 않은 듯 말했지만 이대후는 그 눈빛에서 구현진이 책임감을 강하게 느끼고 있음을 알 수 있었다. 150구까지 던질 각오로, 그때까지는 단 한 점이라도 절대 주지 않겠다는 각오가 고스란히 전해졌다.

'저 녀석 1회 초에는 도망가는 투구였고, 2회 3회는 너무 덤

비는 것 같아서 걱정되었는데……. 그게 아니었어. 기우였어. 재밌는 친구야.'

이대후가 구현진의 머리를 한 번 쓰다듬었다.

"오야, 알았다. 네가 잘 막아주면 내가 반드시 점수 뽑아 줄게. 걱정 마라."

그렇게 말한 이대후는 곧바로 이어진 4회 말에 솔로 홈런을 때려냈다. 이대후가 손가락으로 더그아웃에 있는 구현진을 가리켰다.

마치 '내가 한 말은 지켰다!'라고 말하는 것 같았다.

구현진 역시 사랑의 총알을 날리며 기뻐했다.

이대후가 홈 플레이트를 밟고 유유히 뛰어 들어왔다. 더그아웃으로 들어온 이대후는 선수들 사이를 지나며 계속 하이파이브를 했다. 마지막 구현진을 본 이대후가 피식 웃으며 손을 들었다.

구현진 역시 손을 들며 힘차게 부딪쳤다.

짝!

3.

먼저 선취점을 올린 대한민국.

1 대 0으로 앞선 5회 초, 구현진이 다시 마운드에 올랐다. 미국 팀은 어떻게든 삼진을 당하지 않기 위해 노력했다.

그 결과 구현진으로부터 첫 안타를 만들어냈다.

딱!

선두타자로 나온 4번 앤드류 마일드에게 첫 안타를 맞은 것이다. 그것도 정타가 아닌 먹힌 타구에 중견수 앞에 떨어진 안타였다. 미국은 선두타자가 출루에 성공하면서 점수를 뽑아낼 수 있겠다는 희망을 가졌다.

그러나 그 희망은 오래가지 않았다.

구현진은 5번 타자 제이슨 밀러를 상대하여 하이 패스트볼로 스트라이크를 잡았다. 2구는 떨어지는 체인지업.

그 공을 건드린 제이슨 밀러는 그만 고개를 떨어뜨렸다.

유격수 땅볼이 된 공이 6-4-3 병살이 되면서 순식간에 2아웃이 되어버린 것이다.

미국 팀은 그야말로 찬물을 끼얹은 듯 분위기가 가라앉았다.

이어 타석에 들어선 6번 타자는 좌익수 뜬 공으로 처리되며 미국의 5회 공격이 마무리되었다.

구현진은 유유히 마운드에서 내려왔다.

그 모습을 본 중계진이 감탄했다.

-어떻게 저 어린 선수가 이렇게 노련한 피칭을 할 수 있죠? 정말 20대 초반이 맞나요?

-초반에 공격적인 피칭으로 삼진을 잡았는데, 5회에 들어와서 선두타자에게 안타를 맞고, 곧바로 맞혀 잡는 피칭으로 바뀌었어요. 이것이 바로 메이저리그 피칭이죠. 지난 2년간 큰 무대를 경험한 관록이라고 볼 수 있습니다.

-아, 정말 구현진 선수 대단하네요. 마치 '칠 수 있으면 처봐!' 라고 외치는 듯합니다.

-지금 구현진의 구위를 봤을 때 그 어떤 타자라도 그의 공을 칠 수 없을 것 같습니다.

-정말 영리한 피칭입니다. 다시 봐도 놀라울 따름입니다. 아무래도 미국 팀은 구현진의 투구를 어떻게 공략해야 할지 다시 생각해 봐야 할 듯합니다.

그 후로 구현진은 계속해서 투구를 이어갔다.

6회마저 삼자범퇴로 이닝을 소화한 구현진은 더그아웃 벤치에 앉아 수건으로 땀을 훔쳤다.

구현진은 매 이닝 삼진 2개를 잡는 피칭을 이어가고 있었다. 3회까지 총 9개의 삼진, 4회 1개, 6회 2개를 보태 현재까지 12개의 삼진을 잡아내고 있었다.

삼진 수가 많다 보니 투구수 역시 많았다.

6회까지 93구를 던지고 있었다. 이 상태에서 구현진이 7회에도 마운드에 오를 것인지 중계진이 의견을 나누고 있었다.

-어떻게 생각하나요?

-현재 구현진 선수의 투구수가 많아요. 다른 선수라면 교체하는 것이 맞습니다. 하지만 메이저리그에서도 원래 100구 이상은 던지던 구현진 선수입니다. 어깨 하나는 정말 타고났죠.

-그렇다는 것은 7회에도 나올 가능성이 있다는 말씀이시죠?

-네, 지금 대한민국 불펜이 전혀 움직이지 않고 있어요. 당연히 7회에도 오른다는 것입니다.

-그렇군요. 우리는 계속해서 구현진의 투구를 볼 수 있겠군요.

-네, 그렇습니다.

피터 레이놀 단장은 자신의 사무실에서 TV를 통해 경기를 지켜보고 있었다. 그 옆에는 보좌관 레이 심슨도 함께했다.

"단장님, 오늘 구의 투구가 정말 좋은데요."

"나도 보고 있네. 현재 구의 투구수가 얼마나 되지?"

"93구입니다."

"그럼 6회까지인가?"

"아마도 그렇겠죠? 하지만 7회까지는 나올 가능성은 있습니다. 하지만 구를 아낀다면 그 이상의 투구는 시키지 않겠죠?"

"그렇겠지?"

피터 레이놀 단장은 그렇게 섣부른 판단을 했다.

그리고 7회에도 마운드에 오른 구현진은 세 타자를 깔끔하게 처리했다.

그런데 7회의 투구수가 그전까지와 다르게 9개로 확 줄었다. 7회부터 맞혀 잡는 투구로 볼 배합을 바꾸면서 투구수를 줄인 것이다.

이것은 구현진의 9회까지 던지겠다는 의지의 표출이었다. 100구 가까이 던지면서 힘도 약간 떨어졌고, 구속도 떨어졌다. 다만 구위는 아직까지 좋기 때문에 맞혀 잡는 것이 좋다고 생각했다.

장만호가 구현진에게 다가갔다.

"현진아, 이 상태로 갈 끼가?"

"왜? 너만 믿고 던지라며."

"니, 다 좋은데 구속이랑 공 끝이 살짝 무뎌진 거 알제?"

"어, 그거 느꼈어?"

"그럼, 내가 니 공을 몇 년이나 받았는데. 이제 어떻게 할까? 슬슬 맞혀 잡아야겠제?"

"그래, 나도 그렇게 생각하고 있었어. 그래서 7회에 그런 투구를 보였던 거고. 너 믿고 던질 테니까 리드 잘해줘. 다른 사람은 못 믿어도 너만은 믿는다."

구현진의 칭찬에 장만호는 피식 웃으며 고개를 흔들었다.

"짜식, 입 발린 말만 늘어가지고. 아무튼 알았어. 7회처럼 가자."

장만호가 고개를 끄덕였다.

그때 중계진 카메라에 구현진과 장만호가 더그아웃에서 대화를 나누는 장면이 포착되었다.

-대한민국의 젊은 두 선수. 과연 무슨 얘기를 나누고 있을까요?

-아마도 7회에 던졌던 것처럼 8회에도 맞혀 잡는 투구로 가자. 그런 얘기를 나누고 있겠죠.

-그렇군요. 한데 오늘 구현진과 배터리를 이룬 저 포수……분명 다이노스의 장만호 선수였죠. 공격에서는 두각을 드러내지 않았지만 수비 능력이 탁월한 것 같습니다. 리드도 공격적이다가, 어느 순간 변화를 줘요. 블로킹 역시 깔끔한 것 갖고요.

-잘 보셨습니다. 더군다나 여기 자료를 보니 구현진 선수와는 고등학교 시절 배터리를 이뤘던 선수라고 하는군요.

-아? 그래요? 그래도 대한민국에 저런 수비형 포수가 있다는 것은 아주 반가운 소식이군요.

-그렇습니다. 타격력만 올라가면 대형 포수의 탄생을 볼 수

있을 것입니다.

-기대해 보겠어요.

피터 레이놀 단장도 그 화면을 지켜보며 말했다.

"저 포수 괜찮네. 구와 호흡도 좋은 것 같고 말이야."

"네, 혼조랑은 다른 유형의 포수입니다."

곧바로 레이 심슨이 답했다.

"그렇군. 대한민국에 구와 어울리는 포수가 있는지 몰랐어."

"관심 있으세요?"

"물론 관심은 있지만…… 좀 더 지켜보도록 하지."

"그러실 줄 알았어요."

레이 심슨이 씨익 웃었다.

그사이 대한민국의 7회 말 공격이 이어지고 있었다.

타석에는 4회에 홈런을 친 이대후가 서 있었다.

초구 낮은 코스의 볼을 고른 후 2구째 몸쪽으로 바짝 붙인다는 공이 가운데로 몰렸다.

이대후가 눈을 번쩍 뜨며 그대로 방망이를 돌렸다.

딱!

경쾌한 타격음이 들리고 대한민국 더그아웃에 있던 선수들이 일제히 일어나 타구를 바라봤다.

이대후는 방망이를 던진 후 천천히 1루를 향해 뛰어갔다.

그 순간 관중들이 환호성을 질렀다.

"와아아아아아!"

이대후가 오른손이 높이 들었다. 1루 베이스를 시작으로 유유히 다이아몬드를 돈 그는 홈 플레이트마저 밟고 더그아웃으로 향했다.

대한민국이 미국을 2 대 0으로 앞서가는 순간이었다. 2점 모두 이대후의 홈런으로 얻은 점수였다.

더그아웃으로 들어온 이대후가 동료들에게 축하 인사를 받았다.

대한민국은 7회 말에 이대후의 솔로 홈런으로 한 점 더 달아났다.

미국 팀 더그아웃은 그야말로 초상집이었다.

"이런 흐름은 안 좋아. 자꾸 끌려가서는 힘들다고. 아무리 1군이 아니더라도 이렇게 아무것도 못 하고 돌아갈 순 없어."

미국 팀 감독은 잠시 대기 명단을 보았다. 그러다가 곧바로 한 사람을 불렀다.

"바른!"

"네."

더그아웃 구석에 앉아 있던 덩치가 큰 녀석이 자리에서 일어났다.

"대타로 출전해."

"예."

바른 코르쇠는 오리올스에서 차세대 유망주로 메이저리그를 경험한 타자였다.

다만 정확도가 떨어지는 단점 때문에 마이너리그를 왔다 갔다 하는 선수였다.

하지만 제대로 걸리면 홈런이라는 말이 있을 정도로 괴력을 가진 타자였다. 바른 코르쇠가 헬멧과 방망이를 들고 대기타석으로 향했다.

그사이 구현진은 마운드를 고르며 투구할 준비를 했다.

이윽고 대타 바른 코르쇠가 묵직한 몸뚱이를 이끌고 타석에 들어섰다.

타석 가득 꽉 들어찬 바른 코르쇠에게 위축될 만도 하지만 구현진은 전혀 주눅 들지 않았다.

거구의 바른 코르쇠가 방망이를 휘두르는 자세만으로도 강한 위압감이 느껴졌지만, 구현진과 장만호 배터리는 포심 패스트볼 위주로 바른 코르쇠를 상대했다.

강한 상대에게는 강한 리드로 압박했다.

2스트라이크 1볼의 상황에서 4구는 하이 패스트볼이었다.

바른 코르쇠의 방망이가 여지없이 나오며 헛스윙, 구현진이 또다시 삼진을 잡았다.

퍼엉!

"스트라이크. 아웃!"

미국 대표 팀 감독은 아쉬운 얼굴로 고개를 절레절레 흔들었다. 뭘 해도 안 된다는 듯한 표정을 지었다.

구현진은 대타 바른 코르쇠을 상대로 빠른 공으로 삼진을 잡은 후 후속 타자들에게는 또다시 맞혀 잡는 피칭을 펼치며 이닝을 삼자범퇴로 틀어막았다.

이런 구현진의 투구에 미국 팀의 타자들은 좀처럼 활로를 찾을 수 없었다.

그리고 구현진이 9회마저 세 타자 연속으로 삼진을 잡아내며 경기가 끝났다.

대한민국과 미국과의 경기는 2 대 0 구현진의 완봉승으로 마무리되었다. 총 투구수는 123구. 1피안타, 삼진 17개 무실점 투구를 펼쳤다.

모든 관중이 자리에서 일어나 구현진에게 기립박수를 보냈다. 대한민국 대표 팀 선수도 빠짐없이 구현진에게 박수를 보내며 칭찬해 주었다.

중계진도 구현진의 빼어난 투구에 할 말을 잃었다.

-믿기십니까? 1피안타 무실점 완봉승. 게다가 삼진은 무려 17개나 잡아냈습니다.

-이것이 바로 메이저리그 정상급 선수의 피칭입니다. 그가 왜 에인절스의 에이스인지 다시 한번 증명해 냈습니다.

-대단합니다. 정말 대단하다는 말밖에는 할 수 없습니다.

피터 레이놀 단장도 박수를 치고 있었다. 그는 흐뭇한 얼굴로 구현진의 투구를 칭찬했다.

"역시, 구야. 내가 원했던 그런 투구야."

피터 레이놀 단장은 구현진의 투구에 감동받았다. 그러다가 고개를 세차게 흔들었다.

"아니지, 아니지. 내가 이럴 때가 아니야."

피터 레이놀 단장은 곧장 레이 심슨을 바라보았다.

"지금 당장 대한민국 대표 팀에 연락 넣어. 연결되는 대로 나를 바꿔줘. 아니, 우리 선수를 저렇게 굴리면 어떻게 하자는 거야! 이해할 수가 없군!"

"알겠습니다."

레이 심슨이 선동인 감독과 연결을 시도했다.

하지만 신호는 가는데 전화를 받지 않았다.

"전화를 안 받는데요?"

"안 받아? 설마 날 피하는 건가? 받을 때까지 계속해!"

"네."

하지만 선동인 감독은 축하 인사와 인터뷰로 정신이 없었다.

"선동인 감독님, 오늘 경기에 대해서 한 말씀 해주세요."

"모든 선수가 잘해주었습니다. 하지만 특히 오늘 2개의 홈런을 친 이대후 선수와 9회까지 완봉승을 거둔 구현진 선수를 칭찬해 주고 싶네요."

"오늘 구현진 선수의 피칭을 보시고 현역 시절이 떠오르진 않으셨나요?"

"솔직히 말해서 제 현역 시절보다 잘 던진 것 같습니다. 허허, 제가 구현진 선수만 할 때는 저렇게 씩씩하게 던지지 못했어요. 정말 공 하나는 시원시원하고 통쾌합니다."

"저도 정말 가슴이 뻥 뚫리는 느낌이었습니다. 다음 질문은…… 예전에 감독님께서는 자신의 후계자는 유현진밖에 없다고 하셨는데요. 그럼 구현진 선수와 유현진 선수를 비교하면 누가 나은 것 같으신가요?"

아나운서의 돌발 질문에 선동인 감독이 살짝 당황했다.

하지만 선동인 감독은 오히려 당당하게 말했다.

"전에도 말했다시피 저의 후계자는 현진이입니다."

"그 말씀은 유현진 선수라는 말씀이신가요?"

"뭐, 둘 중에 잘하는 선수가 후계자겠죠?"

선동인 감독은 씨익 웃으며 농담을 했다.

그러나 확실한 것은 두 선수 모두 잘 던진다는 것이었다.

경기후 구현진은 각종 언론사의 인터뷰 요청을 받았고 팬들로부터 축하 메시지도 받았다.

힘겹게 호텔로 돌아온 그는 호텔 앞을 가득 채운 팬들을 맞이해 사진을 함께 찍어줘야만 했다.

김평호 수석 코치가 로비에 모인 선수들에게 말했다.

"4일간의 휴식이 주어진 만큼 오늘은 다른 거 모두 잊고, 충분히 휴식을 취하도록. 단, 호텔 안에 있어야 할 거야. 오면서 봤겠지만 지금 너희가 나가면 큰 사건이 터질지도 몰라. 알겠지?"

"예!"

선수들이 힘차게 대답하곤 각자 방으로 향했다.

구현진 역시 방으로 들어왔다.

"휴, 힘들다."

구현진은 가방을 풀고 그대로 침대에 누웠다.

장만호가 그런 구현진을 보며 말했다.

"안 씻어?"

"으응, 좀 있다가……."

"씻고 자라! 드러운 놈!"

"알았어……."

구현진은 눈을 감은 채 말했다.

그런 구현진을 보며 장만호가 피식 웃었다.

"나 먼저 씻는다."

장만호가 수건을 챙겨 샤워실로 들어갔다.

그때 구현진의 숨소리가 가늘어졌다.

지잉!

가방 옆에 있던 구현진의 스마트폰이 울렸다.

그 화면에는 아카네가 보낸 문자가 와 있었다.

[오늘 승리 축하해요!]

4.

대한민국의 준결승전 상대는 쿠바로 결정되었다.

쿠바전 선발 투수는 당연히 양현준이었다. 그런데 경기는 뜻하지 않게 팽팽한 투수전 양상을 보이고 있었다. 5회까지 양현준은 3피안타 2볼넷을 내주며 무실점을 이어나갔다. 90구 가까이 던진 양형준은 5회에 들어와 어깨가 많이 무거워 보였다.

"아무래도 6회는 힘들겠죠?"

김평호 수석 코치가 다가와 물었다.

선동인 감독이 고개를 끄덕였다.

"누굴 준비시킬까요?"

"박세웅을 준비시켜 줘. 불펜은 예선전 때 너무 과부하가 걸렸어. 이민우는 연장을 위해 일단 대기시키는 걸로 하자."

"네, 알겠습니다."

물론 8강전 때 구현진의 완봉으로 불펜이 휴식을 취했다.

그렇다고 해도 선동인 감독은 불펜이 불안했다. 양현준이 5회까지 막았으니 다른 선발 자원을 활용해 2이닝을 막아낸다면 충분히 승리할 수 있을 것으로 생각했다. 그래서 박세웅을 준비시킨 것이었다.

6회 마운드에 오른 박세웅은 선동인 감독의 기대 이상으로 9회까지 쿠바의 타선을 막아냈다.

이때까지 양 팀 스코어는 0 대 0이었다.

구현진은 경기를 지켜보다가 힐끔 불펜 쪽을 보았다. 마운드가 하나 빈 것을 발견하고 장만호 곁으로 갔다. 그리고 조용히 귓속말로 말했다.

"너 나 따라와."

"어디 가게?"

"쉿! 조용히 하고 몰래 따라와."

구현진의 말에 장만호는 약간 어리둥절한 표정을 지었다. 그러다가 선동인 감독과 코칭스태프들을 살피며 조용히 구현진 따라 움직였다.

구현진이 도착한 곳은 불펜이었다.

장만호가 구현진을 보며 물었다.

"왜? 너 불펜으로 나가게?"

"일단 준비는 해놓으려고. 여기서 지면 억울하잖아."

"야, 만약 니가 올라가서 이긴다 쳐도 그럼 결승은 어떻게 하게? 너 그렇게 무리하다가 큰일 난다?"

"상관없어. 내 왼쪽 가슴에 태극기가 있는 이상, 난 최선을 다해 던질 거야."

구현진이 그 말을 내뱉은 순간 딱 하고 경쾌한 타격음이 들렸다.

구현진과 장만호는 동시에 고개를 돌렸다.

"뭔데? 뭐야?"

구현진의 눈에 덩치 큰 이대후가 오른손을 높이 들고 다이아몬드를 도는 것이 비쳤다. 더그아웃에 있던 선수들이 모두 환호성을 지르며 홈 플레이트로 뛰쳐나갔다.

구현진과 장만호 역시 기뻐하며 불펜을 뛰어나갔다. 이대후가 10회 말 끝내기 홈런을 때린 것이었다. 역시 조선의 4번 타자다웠다. 큰 경기의 해결사는 이대후였다.

그는 2경기 연속 결승 홈런을 날렸다.

대한민국의 빈타 속에 한 줄기 희망이었다. 그나마 마운드가 버텨주니까 승리를 챙길 수 있었다.

하지만 언론에서는 대한민국 대표 팀의 타선을 우려했다.

[대한민국, 이대후의 끝내기 홈런으로 쿠바를 꺾고 결승행!]

[결승전에서 기다릴 일본을 상대로 빈타에 시달리고 있는 대한민국. 과연 타선은 살아날 것인가?]

이렇듯 언론들은 결승전 상대인 일본을 상대로 과연 이길 수 있을지, 우려를 드러내고 있었다.

프리미어12 결승전을 앞두고 TV 방송국과 각종 언론사는 결승전 결과에 대한 전망을 내세웠다.

여러 해설위원과 전문가들이 한데 모여 이야기를 했다.

"대한민국이 결승전에 진출했습니다. 정말 고무적인 일인데요. 과연 결승에서 일본을 꺾고 우승할 수 있을지 이야기 나눠보도록 하겠습니다."

"결승에 오른 우리 대표 팀 선수들이 자랑스럽습니다. 하지만 여전히 타격에서 문제를 보이고 있습니다. 예선이야 약팀을 상대로 많은 득점을 올렸지만 8강전과 준결승전에서는 총득점이 고작 3점입니다."

"대한민국 타자들의 빈타는 시즌을 치르고 프리미어12까지 이어지는 강행군 때문일 겁니다. 체력이 떨어질 수밖에 없습니다."

"하지만 그건 어느 나라든 똑같은 조건 아닐까요?"

"그렇다고 볼 수도 있지만, 가깝다고는 해도 결국 물 건너 타지입니다. 시즌을 치르고 일본까지 가서 경기를 치르는 우리나라 대표 선수들에 비해 일본 대표 팀의 조건이 좋을 수밖에 없지요. 드러난 사실이 결과로 나타나고 있습니다. 일본의 경우 8강전에서 6득점, 준결승전에서 8득점을 올리고 있습니다."

"타선이 아쉽긴 하지만 마운드에서는 대한민국이 압도적입니다. 본선 토너먼트부터 합류한 구현진 선수를 비롯해, 양현준, 장원진, 박세웅, 장현식까지 아주 철벽입니다. 불펜이 다소 불안하긴 하지만 그래도 국가별 방어율에서는 대한민국이 1위입니다."

"그렇습니다. 만약 대한민국 타자들이 1점, 아니면 2점만 득점해 줘도 이길 수 있습니다."

"가만, 그러고 보니 구현진 선수가 결승전에 올라올 가능성이 높죠?"

"아마 그럴 것입니다. 그런데 문제는 구현진의 투구수입니다. 미국전 때 투구수가 거의 130구 가까이 되었습니다. 아무리 충분한 휴식을 취했다고 해도 5일 만에 다시 마운드에 오르는 것은 조금 어렵지 않을까, 생각합니다."

"그래도 지금 상황에서는 구현진만큼 믿을 만한 투수도 없습니다. 체력적으로 괜찮다면 상황은 달라질 수 있어요."

"저도 그렇게 생각합니다. 구현진 선수가 6회까지 일본을 무실점으로 막아내고, 그 안에 대한민국 타자들이 득점을 올려 준다면 우승 가능성은 충분합니다."

그렇게 전문가들이 자기만의 방식으로 대한민국 대표 팀을 분석했다.

하지만 선동인 감독은 일찌감치 구현진을 일본전 선발로 낙 점했다.

기자들이 선동인 감독을 찾아가 인터뷰를 했다.

"이제 곧 결승전인데 임하는 각오는 어떠신가요?"

"무조건 승리뿐입니다. 승리를 위해서 최선을 다할 것입니다."

"지금 불펜 사정이 좋지 않습니다. 운용은 어떻게 할 생각입니까?"

"결승전 한 경기가 남아 있는 만큼 총력전을 펼칠 것입니다. 불펜은 그날의 컨디션을 잘 체크해서 운용할 생각입니다. 전 선수들을 믿습니다."

그때 일본 기자가 불쑥 질문을 던졌다.

"결승전 때 일본 선발은 오타니 쇼이입니다. 예선 1차전 때 셧아웃 당하셨는데, 이번 결승전 때 이길 수 있다고 생각하십니까?"

그러자 주위에 있던 대한민국 기자들의 날카로운 눈빛이 일 본 기자에게 향했다.

하지만 일본인 기자는 아랑곳하지 않았다.

선동인 감독이 일본인 기자를 똑바로 쳐다봤다.

"진심으로 하는 말입니까? 예선 1차전은 그저 예선일 뿐입니다. 하지만 결승전은 다를 겁니다. 우리에게 구현진이라는 메이저리그 탑 클래스의 투수가 있기 때문입니다."

"그렇다는 것은 구현진 선수가 오타니 쇼이보다 낫다는 말씀입니까?"

"당연하지 않습니까. 오타니 쇼이는 구현진의 상대가 될 수 없습니다."

선동인 감독이 태연하게 받아서 되돌려 주었다. 일본 기자들의 표정이 와락 구겨졌다.

반면 대한민국 기자들의 표정은 밝아졌다.

호텔로 돌아온 구현진은 문자 메시지를 받았다.

혼조에게서 온 문자였다.

[내일 도쿄 돔으로 갈 거야. 응원하러. 내일 보자!]

구현진은 그 문자를 보고 희미하게 웃었다.

그때 호텔 방문이 열리며 장만호가 들어왔다.

"현진아, 내일 결승전 경기 분석하자."

"안 그래도 기다리고 있었다."

구현진이 스마트폰을 내려놓고 장만호가 가져온 분석 자료를 펼쳤다. 그것을 토대로 구현진과 장만호가 의견을 주고받았다.

"1번 히까시 모노, 이 녀석은 교타자야. 발도 빠르니까 빠른 공으로 압박하는 것이 좋을 것 같은데."

"번트는?"

"기습번트도 가끔 하는 것 같아."

"그럼 기습번트도 대비해야겠네."

"그래야겠지."

"2번 타자는……."

"아, 이 녀석은 뭐랄까? 서건충 선배 알지?"

"당연히 알지."

"그 선배 같은 스타일이라고 하면 알아들으려나. 작전 능력도 탁월하고. 까다롭다고 들었어."

"오케이, 알았어."

그렇게 구현진과 장만호는 일본 타자들의 분석 자료를 토대로 대처법을 세웠다.

밤이 깊어갔다.

다음 날, 일본과의 결승 당일.

구현진은 최상의 컨디션으로 경기장으로 향했다.

이미 도쿄돔은 많은 관중으로 꽉 들어차 있었다. 앞선 3, 4위
전은 쿠바가 멕시코를 상대로 6 대 1 승리를 거두었다.

이제 막 프리미어12 대망의 결승전이 곧 시작될 터였다.

일본의 선발은 예고했던 대로 에이스 오타니 쇼이였다.

대한민국의 선발은 구현진이었다.

두 사람의 맞대결로 언론과 인터넷 게시판은 경기 전부터
뜨겁게 달아올랐다.

특히 일본 언론은 오타니 쇼이를 부각하며 일본에 힘을 실
어주었다. 특히 내년부터 메이저리그 구단, 다저스에서 뛰게
될 오타니 쇼이가 빅 리그에서도 충분히 활약할 거라 전망했
다.

지역 라이벌이지만 내셔널 리그와 아메리칸 리그로 리그가
달라 구현진과 맞상대할 일은 적겠지만, 오타니 쇼이 역시 같
은 메이저리거라는 것을 강조했다.

구현진에 대해서는 그다지 소개가 길지 않았다. 그냥 메이
저리그 에인절스 소속이라는 것 정도만 언급할 뿐이었다.

경기가 시작되었다.

경기는 예상했던 것처럼 양 팀의 투수전으로 이어졌다.

구현진은 빠른 공으로 일본 타자들을 압박했다.

네 멋대로 던져라 6

일본 타자들은 큰 스윙보다는 짧은 스윙으로 구현진의 공을 공략하려고 했다.

구현진은 몇 번의 위기를 맞이했지만 특유의 위기관리 능력을 보이며 무실점으로 호투를 이어나갔다.

오타니 쇼이 역시 빠른 공과 고속 포크볼로 대한민국 타자들의 방망이를 이끌었다.

오타니 쇼이는 구현진과의 라이벌 관계에 대해서 신경 쓰지 않는다고 했었다. 실제로 1회부터 3회까지 구현진을 모른 척했다.

그러나 4회와 5회까지 자신과 팽팽한 투수전을 벌이자 조금씩 구현진이 신경 쓰일 수밖에 없었다.

그런데 6회에 일이 터졌다.

퍼엉!

구현진의 공이 장만호의 미트를 뚫어낼 듯 날아들었다.

[161km/h]

전광판에 구속이 찍히자 중계 해설위원들이 큰 소리로 외쳤다.

-아아! 구현진 선수 본인의 최고 구속을 프리미어12! 일본과

의 결승전에서 경신합니다!

　-정말 대단한 선수네요. 도저히 경험 적은 어린 선수로는 보이지 않습니다. 이렇게 큰 무대에서 자신의 한계를 뛰어넘는다니. 저는 구현진 선수의 저 정신력이 가장 무섭다고 생각합니다.

　-구현진 선수, 쾌투! 무려 161㎞/h의 공을 던졌습니다.

　구현진이 자신의 최고 구속을 넘어 161㎞/h를 찍자 오타니 쇼이가 놀란 표정을 지었다.

　장만호는 화들짝 놀라며 구현진에게 말했다.

　"야, 인마! 어깨 빠질라! 힘 조절해! 힘 조절!"

　"걱정 마! 나 오늘 컨디션 너무 좋아. 조금 더 빨리 던질 수 있어. 그리고…… 무엇보다 저 자식한테 질 수 없지."

　구현진은 예선 1차전에서의 일을 잊을 수 없었다. 선배 장원진에게 편파적으로 스트라이크존을 좁게 주며 뻔뻔하게 나온 놈들에게 철저히 복수할 생각이었다.

　구현진의 역투에 반응한 것일까.

　오타니 쇼이도 강속구를 뿌리기 시작했다.

　그러나 구현진과 오타니 쇼이의 강속구 대결은 오타니 쇼이의 과열로 인해 흐름이 끊겼다.

　오타니 쇼이가 던진 몸쪽 빠른 공이 이대후의 팔뚝에 맞아 버린 것이다. 이대후는 인상을 쓰며 고통스러워했다.

대한민국 의료진이 서둘러 뛰어 나갔다. 이대후의 상태를 확인하더니 스프레이 파스로 일단 이대후의 고통을 진정시켰다.

이대후가 천천히 팔을 움직이며 1루 베이스로 걸어갔다.

도쿄 돔의 관중들이 '우-' 하고 야유를 보냈다. 1루 베이스를 밟은 이대후가 오타니 쇼이를 노려봤고 오타니 쇼이 역시 이대후를 보았다.

오타니 쇼이는 모자를 벗어 고개를 살짝 숙이며 고의가 아니었음을 사과했다. 이대후 역시 손을 들어 알고 있다고 답해 주었다.

그리고 타석에 대한민국의 5번 타자 최중이 나왔다.

KBO 지난 시즌 홈런왕이었고, 올해 역시 40개의 홈런을 때린 강타자였다. 프리미어12에 들어와서 제 기량을 내뿜지 못했으나 분명 한 방이 있는 선수였다.

최중이 방망이를 살짝 흔들었다.

오타니 쇼이가 초구를 던졌다. 그런데 공이 살짝 가운데로 몰렸다. 그것을 놓치지 않고 최중이 힘껏 돌렸다.

딱!

좌중월을 가르는 2루타가 터진 것이다.

이대후는 혼신의 힘으로 질주했다. 3루에 슬라이딩하며 세이프가 되었다. 이대후가 주먹을 불끈 쥐며 파이팅을 외쳤다.

2루에 있던 최중 역시 대한민국 더그아웃을 가리켰다.

대한민국 관중들은 연신 '대한민국'을 연호했다.

"대한민국! 짝짝짝, 짝짝!"

무사 2, 3의 찬스가 왔다.

오타니 쇼이는 이대후를 몸에 맞은 볼로 진루시키고 최중에게 2루타를 허용하자 적잖이 흔들렸다.

곧바로 일본 투수 코치가 움직였다. 그는 마운드에 올라 오타니 쇼이를 진정시켰다.

그사이 6번 김재훈이 타석에 들어섰다.

그리고 흔들리는 오타니 쇼이의 초구를 걷어 올렸다. 중견수 방면으로 쭉 날아가던 공이 워닝트랙에서 잡혔다.

그사이 이대후가 태그 업하며 대한민국이 선취점을 얻었다.

"와아아아아!"

7회 초 팽팽하던 스코어를 깨고 대한민국이 드디어 1 대 0으로 앞서 나가기 시작했다.

구현진도 더그아웃에서 박수를 치며 응원했다.

오타니 쇼이는 계속해서 흔들렸다.

결국 7번 타자에게도 볼넷을 내어주었다. 그러나 8번 장만호가 흔들리는 오타니 쇼이의 떨어지는 공을 건드려 병살타를 만들었다.

결국 7회 대한민국은 1점을 올리는 데 그쳤다. 장만호가 시무룩한 얼굴로 더그아웃에 들어왔다.

선수들이 괜찮다고 위로했지만, 장만호의 기분은 풀리지 않았다.

"왜 그래?"

"나 때문에 기회를 이어가지 못했잖아. 젠장!"

"됐어. 1점이면 충분해. 누가 너보고 안타 치라고 했냐? 원래 못 치던 놈이 새삼스레 왜 그래? 너의 장점은 리드와 수비야. 그리고 지금 완벽하게 해내고 있고."

구현진의 진심 어린 말에 장만호는 어느 정도 기분을 풀 수 있었다.

그리고 7회 말부터 일본의 파상 공격이 시작되었다. 어떻게든 1점을 올리기 위해 온갖 작전을 펼쳤다.

기습번트를 대거나 아니면 끈질기게 구현진을 물고 늘어졌다. 그 결과 일본은 내야 안타와 번트로 주자를 2루까지 보내는 데 성공했지만, 구현진은 이어진 타자에게서 삼진과 뜬 공으로 잡아내며 위기를 벗어났다.

8회도 마찬가지였다.

일본 타자들이 구현진의 공을 툭툭 건드렸다. 큰 스윙도 없었다. 끈질기게 안타만 노렸다. 그러자 또다시 1사 2루에 주자를 보내게 되었다.

이때까지 구현진의 투구수는 102구를 기록하고 있었다.

그러자 선동인 감독이 자리에서 일어나 처음으로 더그아웃을 벗어나 마운드로 향했다.

"어떻게 할래?"

선동인 감독이 구현진을 보고 꺼낸 말이었다.

"괜찮아요. 계속 던지겠습니다."

"아마 일본 타자들은 계속해서 물고 늘어질 거야."

"알고 있습니다. 이럴수록 더 힘껏 던져야죠."

선동인 감독은 구현진의 눈을 바라보았다. 아직까지 눈빛이 살아 있었다. 구위 역시 죽지 않았다는 것을 알았다.

"여기서 안타를 맞으면 너도 욕을 들어먹겠지만, 나도 욕을 많이 먹을 거야."

구현진이 눈을 끔뻑이며 선동인 감독을 빠히 쳐다봤다. 마치 '그래서요, 감독님.'이라고 물어보는 것처럼 말이다.

그러자 선동인 감독이 씨익 웃으며 말했다.

"좋아, 그런 마음이라면 믿고 맡겨도 되겠어. 나라도 더 던지려 할 거야. 던져. 안타 맞아도 되고, 점수를 줘도 돼. 모든 책임은 내가 질 테니까. 다만 최선을 다해서. 너만 믿는다."

"예, 걱정 마세요."

구현진 역시 안심하라는 듯 말했다.

선동인 감독이 가볍게 구현진의 팔을 두드린 후 마운드를 내려갔다.

구현진이 마운드를 골랐다. 그리고 마운드를 내려가 몇 번 크게 심호흡한 후 다시 올랐다. 그 후부터 구현진 공의 구속의 다시금 올라갔다. 조금씩 어긋났던 제구 역시 잡혔다.

일본 타자들은 공을 맞히기 위해 방망이를 휘둘렀지만, 헛스윙하기 시작했다.

구현진은 3번 타자를 삼진으로 잡아냈고 곧이어 일본의 4번 타자이자, 이번 시즌 홈런왕인 다쓰카 노리가 타석에 들어섰다.

전 타석까지 삼진과 뜬공으로 구현진에게 철저하게 봉쇄당했지만 이번에야말로 꼭 팀에 보답하겠다고 각오를 다지며 타석에 들어섰다.

구현진 역시 긴장한 상태로 4번 타자를 상대했다. 초구는 바깥쪽. 구현진이 던진 공이 매섭게 날아들었고 다쓰카 노리의 방망이가 돌아갔다.

딱!

타구는 1루 측 관중석으로 떨어지는 파울이 되었다.

2구는 몸쪽을 휘어지는 슬라이더였다.

그것에 다쓰카 노리는 반응하지 않았다.

1스트라이크 1볼에서 구현진이 세 번째 공을 던졌다. 손끝에서 쏘아진 하이 패스트볼이 무서운 기세로 날아갔다.

다쓰카 노리의 방망이가 또 한 번 돌아갔다.

딱!

그러나 공은 뒤쪽으로 높이 치솟으며 또다시 파울이 되었다.

다쓰카 노리는 4구째 공마저 잡아당겨 3루 측으로 휘어지는 파울을 때려냈다.

다쓰카 노리도 쉽게 물러서지 않겠다는 각오를 보이고 있었다. 그런데 처음과 달리 방망이에 맞는 타이밍 조금 달랐다.

'어차피 내가 노리는 것은 하나야. 저 녀석, 체인지업을 던진다고 했지.'

다쓰카 노리는 체인지업을 노리고 있었다.

구현진이 자세를 잡고 글러브를 가슴에 모았다. 장만호가 살짝 바깥쪽으로 앉아 미트를 들어 올렸고 구현진이 미트를 향해 힘껏 공을 던졌다.

다쓰카 노리의 눈이 번쩍였다.

'이 높이는? 왔다!'

다쓰카 노리는 저 높이로 날아오는 구현진의 체인지업을 수없이 봐왔다.

체인지업이라고 확신했다.

'끝났어!'

다쓰카 노리는 확신했다.

하지만 결과는······.

퍼엉!

"스트라이크! 아웃!"

"우오오오오!"

구현진이 다쓰카 노리를 삼진으로 잡은 후 처음으로 포효했다.

다쓰카 노리는 눈을 크게 뜨며 놀란 듯했다.

'뭐, 뭐지? 체인지업이 아니었어.'

구현진이 던진 곳은 타자의 눈에서 가장 떨어진 무릎 높이를 지나는 아웃 로우였다.

이것으로 다쓰카 노리의 방망이를 이끌었던 것이다.

다쓰카 노리는 체인지업 타이밍에 맞춰 방망이를 휘둘렀고, 자신이 실수했다는 것을 알았다.

일본은 2사 2루의 득점 찬스를 무산시키며 안타까워했다.

반면 대한민국 더그아웃은 환호성으로 가득했다. 그리고 구현진은 9회 말 5, 6, 7번 타자를 깔끔하게 잡아내며 또 한 번 완봉승을 거두었다.

"으아아악!"

"현진아……."

장만호가 마운드를 향해 뛰어갔다. 내야수들도 마운드에 있는 구현진에게 뛰어갔다. 구현진과 장만호는 서로 얼싸안으며 우승을 자축했다.

최종 스코어 대한민국 대 일본은 1 대 0으로 대한민국의 승리로 돌아갔다.

이 모습을 대한민국에서 TV로 보던 아버지가 눈물을 훔쳤다.
옆에 있던 김 여사가 물었다.

"지금 울어요?"

"안 운다. 내가 왜 우노."

하지만 아버지의 눈가는 이미 축축이 젖어 있었다.

아유 역시 밴에서 TV를 통해 구현진의 모습을 지켜보고 있었다. 두 손 꼬옥 모은 아유의 눈이 구현진이 우승하는 모습을 보고 살짝 눈물이 맺혔다.

"축하해요, 정말……."

혼조와 함께 온 아카네는 관중석에서 모든 것을 지켜보았다. 아카네 역시 두 손을 모으며 속으로 구현진을 응원해 주었다.

그리고 구현진이 마지막 타자를 잡고 포효하는 모습을 본 후 자신도 모르게 눈가에 눈물이 맺혔다.

그러나 아카네는 꾹 참았다.

혼조가 그런 아카네를 보며 나직이 말했다.

"울고 싶으면 울어도 돼."

그 한마디에 아카네는 혼조의 품에 안겨 울음을 터뜨렸다.

이 울음은 구현진의 승리에 대한 울음이었다.

하지만 주위에 있는 일본 사람들은 일본이 안타깝게 졌다고 우는 것이라 여겼다.

경기가 끝나고 곧바로 시상식이 이어졌다.

프리미어12 MVP는 만장일치로 구현진이 차지했다. 그리고 대한민국이 제1회 대회에 이어 2회까지 연속해서 우승하면서 다시 한번 국격을 높였다.

대한민국의 언론과 일본 언론은 연신 구현진에 대해서 기사를 써냈다.

[구현진! 역시 메이저리그 최고의 투수다. 그 증명을 오늘 경기를 통해 확인시켜 줬다.]

[구현진 일본 타자 셧아웃! 예선 1차전 때의 굴욕을 제대로 갚아주다.]

오타니 쇼이에게도 기자들의 질문이 쏟아졌다.

"이제 내년이면 메이저리그로 가시는데 각오는 어떠신가요?"

"메이저리그에서는 절대로 구현진에게 지지 않겠다. 하지만 오늘은 그가 왜 메이저리거인지 알 수 있는 날이었다. 그의 실력만큼은 인정한다."

오타니 쇼이의 발언은 곧바로 일본 언론과 대한민국 언론에 그대로 전해졌다.

[오타니 쇼이, 구현진에게 패배 인정!]
[메이저리그에서는 구현진에게 지지 않게끔 노력하겠다.]
[오타니 쇼이, 구현진에게 허리를 숙이다.]
[내년 구현진과 오타니 쇼이. 메이저리그에서 격돌!]

그다음 날 대한민국 야구 대표 팀은 김포 공항을 통해 금의
환향했다.

"꺄악! 구현진이다!"

"구현진? 어디 어디?"

"구현진 선수! 여기 좀 봐주세요!"

"구현진 선수! 소감이 어때요?"

팬들의 뜨거운 환호와 여러 미디어의 인터뷰, 그야말로 정신
없는 입국장이었다.

구현진은 대스타였다. 어딜 가나 구현진을 연호했고, 사인
과 사진 촬영 요청이 끊이지 않았다.

구현진은 그런 팬들의 요구를 하나하나 들어주었다.

물론 대표 팀 선배들의 따가운 눈총도 함께 받았다. 그렇게
야구 대표 팀은 곧바로 KBO로 이동해 해단식을 갖고 그날 저
녁 호텔에서 파티를 가졌다.

오후부터 시작한 파티는 밤늦게까지 이어졌다.

지이잉. 지이잉.

한창 파티를 즐기고 있던 구현진의 스마트폰이 울렸다. 혼조에게서 온 전화였다.

35장

아카네

I.

"어? 혼조네? 무슨 일이지?"

구현진이 전화를 받으려고 하는 찰나, 선배들이 찾아왔다.

"야, 오늘의 주인공 구현진! 여기서 뭐 하냐?"

"아, 아니요. 전화 좀……."

"지금 전화가 중요해? 어서 이리 와!"

선배들은 구현진의 스마트폰을 빼앗아 전원을 꺼버렸다. 그리고 구현진을 이끌고 어딘가로 갔다.

늦은 시각.

구현진은 지친 몸을 이끌고 자신의 방으로 돌아왔다. 조금

전까지 선배들에게 시달린 것을 생각하면 지금도 몸이 부르르
떨렸다.

"하아……."

구현진은 깊은 한숨과 함께 지친 몸을 이끌고 침대에 몸을 뉘
었다. 그 상태로 눈을 감고 있던 구현진이 눈을 번쩍하고 떴다.

"맞다. 혼조에게서 전화가 왔었지?"

구현진은 주머니를 뒤져 스마트폰을 꺼냈다. 전원을 켜자
잠시 후 스마트폰이 불타나게 울렸다.

아버지며 친척들 그리고 초등학교 동창까지 어떻게 전화번
호를 알고 축하인사를 보내주었다.

그런데 유독 혼조에게서 전화가 많이 와 있었다.

"무슨 일이지?"

구현진이 곧바로 혼조에게 전화를 걸었다.

따각!

"어, 혼조……."

구현진이 말이 끝나기도 전에 혼조의 격앙된 목소리가 들려
왔다.

-야, 이 새끼야! 왜 이렇게 전화가 안 돼!

"미안, 선배들이……."

-아카네는? 아카네는 어떻게 됐어?

혼조의 물음에 구현진은 눈을 끔뻑거렸다.

"아카네? 아카네를 왜 나에게 물어?"

-아카네가 너 만난다고 한국에 갔어. 나도 지금 공항이야. 표 확인하는 대로 넘어갈 테니까 너도 좀 찾아봐.

"알았어!"

구현진은 곧바로 전화를 끊고, 아카네에게 전화를 걸었다. 기계음으로 넘어가며 일본어로 뭐라는 말이 들렸다.

"지리도 잘 모르는 애가 도대체 어디 있는 거야?"

구현진은 로비로 내려갔다. 혹시나 여기에 오지는 않았을까 해서 프런트로 향했다.

"혹시 저 찾아온 사람 있어요?"

구현진의 물음에 프론트에 있던 아가씨가 살짝 놀랐다.

"어? 진짜네."

"네?"

"아, 몇 시간 전에 일본에서 온 여성분이 계시긴 했는데요."

"그래요? 지금 어디 있어요?"

"호텔 커피숍에서……."

구현진은 프론트 직원의 말을 끝까지 듣지 않고 몸을 돌렸다. 옆 커피숍에 들어간 구현진은 의자에 조용히 앉아 있는 아카네를 발견했다.

"아카네!"

구현진의 외침에 아카네의 고개가 돌아갔다.

구현진을 본 아카네는 그만 울음을 터뜨리고 말았다.

"오, 오빠…… 흐흑."

"어떻게 된 거야?"

"보, 보고 싶어서요."

아카네는 구현진 품에 안겨 울었다.

구현진이 아카네를 안고 등을 토닥여 주었다. 그런데 주위에 보는 눈이 하나둘씩 생겨났다.

구현진은 아카네에게 조용히 말했다.

"아카네, 잠시만 울음 좀 그쳐줄래?"

그러나 한번 터진 울음은 쉽게 그쳐지지 않았다. 난감한 얼굴이 된 구현진이 아카네를 데리고 커피숍을 나섰다.

"일단 방으로 가자."

구현진이 아카네를 이끌고 갈 때 주위 사람들이 소곤거렸다.

"구현진 아냐? 옆에 여자는 누구지?"

"헉! 서, 설마…… 여자친구?"

"어멋! 어떡해. 여자 친구네."

그들의 수군거림을 뒤로 하고 구현진은 아카네를 데리고 자기 방으로 왔다. 아카네를 조금 진정시킨 후 구현진은 혼조에게 전화를 넣었다.

"아카네 찾았다."

-그래? 바꿔봐.

구현진이 아카네에게 전화를 건넸다.

"오빠……."

그 순간 수화기 너머 혼조의 호통이 이어졌다.

아카네는 연신 미안하다고 하며 혼조의 호통을 그대로 받아들였다. 그리고 잠시 후 다시 전화기를 구현진이 받았다.

-나 지금 공항이거든? 근데 비행기가 없어. 내일 갈 테니까 아카네 좀 부탁해.

"아니야. 오지 마. 내가 잘 챙겨서 보낼게."

-그래 줄래?

"그럼, 너무 걱정하지 말고 있어."

-그리고 아카네 건드리기만 해봐! 가만 안 둘 거야.

"야, 너는 날 뭘로 보고……."

-아무튼 너 믿는다.

그렇게 혼조와의 통화도 끝이 났다.

아카네는 어느 정도 진정되었는지 침대에 다소곳이 앉아 있었다.

"물 줄까? 아니면 다른 거라도 마실래?"

아카네가 작게 고개를 끄덕였다.

구현진은 냉장고에서 물을 꺼내 주었다. 아카네는 한 모금을 마신 후 구현진을 바라봤다.

"불쑥 찾아와서 미안해요."

"아니야."

잠깐의 침묵이 흘렀다. 그리고 두 사람이 동시에 말했다.

"저……."

"있잖아……."

그러다가 아카네가 조심스럽게 말했다.

"먼저 말씀하세요."

"아, 아니야. 먼저 말해."

구현진과 아카네가 눈이 마주쳤다. 갑자기 주위 공기가 미묘하게 바뀌었다. 아카네의 촉촉한 눈빛을 본 순간 구현진은 저도 모르게 침을 꿀꺽 하고 삼켰다.

아카네가 모은 두 손에 절로 힘이 들어갔다. 그리고 구현진의 목소리가 들려왔다.

"저기, 아카네……."

2.

집에서 나선 혼조는 곧바로 택시를 잡았다.

"도쿄 공항으로요."

택시가 출발하고 혼조는 곧장 스마트폰을 뒤져 구현진에게 전화를 걸었다.

"현진아, 받아, 받으라고……."

혼조가 낮게 중얼거렸지만 신호만 갈 뿐 전화는 받지 않았다. 혼조는 전화를 끊고 다른 손에 쥔 쪽지를 펼쳤다.

아카네가 남긴 편지였다.

[오빠, 나 도저히 안 되겠어. 현진이 오빠 보러 가야겠어. 미안해.]

혼조는 그 쪽지를 와락 구겼다.

"아카네……. 현진이 때문에 또 가출이냐?"

아카네의 가출은 이번이 두 번째였다. 구현진의 부상 때문에 한 번 그리고 오늘…….

"현진이, 이 자식을 그냥……."

갑자기 구현진에게 화가 났다. 그러나 혼조 본인도 왜 구현진에게 화가 나는지 알 수 없었다. 소중한 동생이 가출한 것때문에 화를 풀 상대가 필요했을 뿐이었다.

그러나 그것도 잠깐뿐, 혼조는 이내 한숨을 내쉬었다.

"하아, 알고 있었잖아. 아카네가 현진이를 좋아한다는 것 정도는. 이렇게 될 거라는 것도……."

하지만 걱정이 되는 건 어쩔 수 없었다.

아무리 아카네가 성인이라고 해도 혼조에게는 하나뿐인 여

동생이었다. 걱정이 되는 건 당연했다.

그러나.

"현진아, 전화라도 받아라……. 아카네가 무사히 도착했다는 정도만이라도 알자."

혼조는 스마트폰을 매만지며 계속해서 중얼거렸다. 그러곤 다시 전화를 걸었다. 그러나 여전히 신호만 갈 뿐 구현진이 전화를 받진 않았다.

그러는 사이 택시는 어느덧 도쿄 공항에 도착했다. 혼조가 서둘러 항공권을 확인하기 위해 뛰었다.

"어서 오세요."

"대한민국으로 가는 티켓 있나요?"

"잠시만요. 지금 확인해 보겠습니다."

직원이 티켓을 확인하는 동안 혼조는 스마트폰을 바라보았다. 그때 직원이 안타까운 표정을 지었다.

"죄송합니다, 손님. 지금 마지막 티켓이 끝났네요. 내일 첫 비행기가 있습니다."

"반환 티켓도 없어요?"

혼조가 다급하게 물었지만, 직원은 고개를 가로저을 뿐이었다.

"죄송합니다. 없네요. 어떻게 내일 첫 비행기라도 끊어드릴까요?"

직원의 상냥한 말에 혼조가 재빨리 고개를 끄덕였다.

"알겠습니다. 일단 끊어주세요."

"네, 알겠습니다."

그때였다.

지잉-!

혼조의 스마트폰이 울렸다. 구현진에게서 온 전화였다.

혼조는 재빨리 전화를 받았다.

"야, 이 새끼야! 왜 이렇게 전화가 안 돼!"

-미안 선배들이…….

"아카네는? 아카네는 어떻게 됐어?"

구현진에게서 잠깐 침묵이 흘렀다.

-아카네? 아카네를 왜 나에게 물어?

"아카네가 너 만난다고 한국에 갔어. 나도 지금 공항이야. 표 확인하는 대로 넘어갈 테니까 너도 좀 찾아봐."

-아카네가 왔다고? 정말? 가, 가만……. 알았어!

구현진은 떨리는 목소리로 말을 한 후 전화를 끊었다.

혼조는 자신의 스마트폰을 바라보았다.

그리고 약 30분 후 혼조는 구현진에게서 아카네를 찾았다는 전화를 받았다. 일단 안도의 한숨이 나왔다.

전화로 아카네에게 호통을 쳤다.

물론 걱정이 되어서였다.

대한민국에 간다는 녀석이 연락도 되지 않았다. 그렇다고 구현진과도 연락이 되지 않았다. 혹여 대한민국에 가서 길을 잃어버렸다든지, 나쁜 사람에게 납치라도 당한 건 아닌지 생각하면 할수록 안 좋은 상황만 떠올랐다.

다행히 구현진과 연락이 되었고, 아카네를 만났다고 하자 안심이 되었지만…….

"하아, 아카네……. 널 어떻게 하면 좋니."

혼조는 손에 들린 비행기 티켓을 바라보았다.

내일 아침 첫 비행기로 가는 티켓이었다. 잠시 물끄러미 바라보던 혼조가 티켓을 들고 다시 직원에게 갔다.

"무엇을 도와드릴까요?"

"티켓 반환을 하고 싶은데요."

"아, 네. 티켓 반환 도와드리겠습니다."

혼조는 티켓을 반환하고 천천히 몸을 돌려 공항을 빠져나갔다.

공항을 나선 혼조는 하늘을 올려다보았다. 잠시 하늘을 바라보던 혼조가 나직이 읊조렸다.

"아카네, 이왕 이렇게 된 거 이번에 확실하게 잡아."

3.

구현진은 아카네를 바라보았다.

"저기, 아카네."

"네?"

그때였다.

꼬르르륵!

아카네가 눈을 크게 뜨며 황급히 자신의 배를 감쌌다. 아카네의 얼굴이 순식간에 홍당무처럼 변했다.

그 모습을 본 구현진은 한순간 풉 하고 웃어버렸다.

"일단 밥부터 먹자."

구현진은 말을 한 후 곧바로 수화기를 들었다.

"룸서비스 부탁합니다. 네, 2인분요. 네."

전화를 끊은 구현진이 아카네에게 다가갔다.

아카네는 그때까지 부끄러움에 얼굴을 제대로 들지 못했다.

"밖에서 먹었으면 좋겠지만 사람들 시선도 있으니까……."

"아, 알고 있어요. 죄송해요."

아카네는 계속해서 죄송하다고만 했다. 그런 아카네 옆에 구현진이 앉았다. 아카네가 움찔하며 눈치를 살폈다.

"그래서 무작정 한국으로 온 거야? 날 보러?"

아카네는 말없이 고개만 끄덕였다.

"왜?"

구현진의 물음에 아카네가 고개를 들어 바라봤다.

"……몰라서 묻는 거예요?"

"그래, 얘기를 안 해주면 모르잖아."

그러나 구현진은 알고 있었다.

아카네가 자신을 너무 좋아한다는 사실을 말이다.

그 말을 직접 듣고 싶을 뿐이었다.

"그, 그건……."

아카네가 주춤하며 말을 하지 못했다. 그렇게 잠깐 동안 있던 아카네가 결심을 한 듯 고개를 들었다.

"저 오빠 좋아해요."

"날 좋아해?"

"네, 많이요."

"그랬구나……."

구현진은 말끝을 흐렸다. 아카네는 잔뜩 긴장한 얼굴로 구현진을 바라보고 있었다. 그 뒤에 다른 답변이 나와야 하는데 구현진의 입에서는 아무런 말도 나오지 않았다.

아카네의 입장에서는 기다리는 시간이 심장을 옥죄어오는 듯 답답하기만 했다.

그때였다.

띠동!

아카네가 깜짝 놀라며 입구로 시선이 갔다.

하지만 구현진은 태연하게 자리에서 일어났다.

"룸서비스 왔나 보다."

구현진이 문을 열고 룸서비스를 받았다. 방 안에 스테이크 2인분이 차려졌다.

구현진과 아카네는 서로를 바라보며 식사를 시작했다.

하지만 아카네가 밥을 제대로 먹지 못했다. 나이프와 포크로 깨작거리고 있었다.

"왜? 맛없어?"

"아, 아뇨……."

"입에 안 맞나 보네. 얼마 먹지도 않았잖아."

"아, 아니에요."

아카네의 머릿속은 조금 전의 일로 머리가 복잡했다.

자신이 용기 있게 고백했는데 구현진으로부터 아직 답변을 듣지 못했다. 아무리 배가 고파도 마음이 뒤숭숭한 상황에서 밥도 제대로 들어가지 않았다.

아카네가 제대로 밥을 먹지 못하고 있자 구현진이 조심스럽게 나이프와 포크를 내려놓았다.

"무슨 걱정 있니?"

"아뇨, 그게 아니라……."

"그럼 왜 그래?"

구현진의 물음에 아카네도 나이프와 포크를 내려놓았다.

그리고 구현진을 똑바로 쳐다보며 물었다.

"아니, 고백했잖아요. 그런데 왜 아무런 답변도 해주지 않아요?"

"아."

그 무심한 반응에 아카네는 화가 났다.

"너무해요! 난 겨우 용기 내서……!"

"나도 좋아해!"

구현진의 대답에 아카네가 입을 다물었다. 눈을 동그랗게 뜬 채로 가만히 있었다.

구현진이 미소를 지었다.

"나도 아카네를 많이 좋아해. 옛날부터 좋아했어."

다시 한번 얘기를 듣자 아카네의 얼굴이 붉어졌다.

"아까의 답변은 이제 됐지? 그럼 이제 밥 먹자."

구현진이 다시 나이프와 포크를 들었다.

아카네도 수줍게 고개를 숙이고 나이프와 포크를 들고 스테이크를 썰었다. 아카네의 입가에 자신도 모르게 미소가 스르륵 번졌다.

식사를 마친 두 사람은 간단하게 차를 마셨다. 그때까지 두 사람에게선 어떤 대화도 오고 가지 않았다. 그러다가 구현진이 자리에서 일어났다.

아카네가 의문을 느끼며 쳐다봤다.

그러자 구현진이 미소를 지으며 말했다.

"피곤하지? 일단 자자! 지금 딴 방을 구하기는 좀 그렇고, 네가 침대를 써. 오빠가 소파에서 잘 테니까."

"아, 아니에요. 제가 소파에서 잘게요."

"아니야. 한국까지 오느라 힘들었을 텐데 침대에서 자."

"오빠, 아니에요. 제가……"

"다른 말 하지 말고 그런 줄 알아."

구현진은 아카네의 말을 막아버렸다.

아카네는 말을 하지 못하고 미안한 얼굴이 되었다.

"자꾸 민폐만 끼치네요."

"아니야, 아카네. 난 오늘 아카네를 봐서 너무 좋아."

구현진이 미소를 지으며 말을 했다. 그런 구현진의 미소를 본 아카네는 다시 얼굴에 홍조를 띄웠다.

"오, 오빠 먼저 씻으세요."

부끄러워 말을 돌리려던 것이 분위기를 더 어색하게 만들었다.

구현진도 아카네의 갑작스러운 말에 말을 더듬었다.

"어, 어? 아, 아니야. 너부터 씻어."

"네, 그럼 제가 먼저……"

아카네는 더욱 붉어진 얼굴로 후다닥 샤워실로 뛰어 들어갔다. 그리고 샤워실 거울을 바라보며 호들갑을 떨었다.

"미쳤어! 미쳤어! 거기서 왜 그런 말이 나와, 왜?"

아카네는 거울에 비친 자신의 모습을 바라보며 한숨을 내쉬었다. 그러다가 살며시 손을 들어 자신의 가슴에 올렸다.

"나 정말 미쳤나 봐."

아카네는 두근거리는 심장을 뒤로하고 조심스럽게 파우치를 열었다. 그 안에는 아카네가 일본에서 가져온 속옷이 있었다.

그것을 펼쳐놓고 아카네는 고민을 했다.

"혹시 모르니까, 이걸 입을까?"

아카네는 화려한 속옷을 들어 보았다. 잠시 그것을 자신의 몸에 가져다 대보고는 고개를 흔들었다.

"아니야."

그러다가 슬립 차림의 속옷을 들었다.

"이게 나을까?"

아카네가 샤워실에 속옷을 고르고 있는 사이 밖에서는 구현진이 왔다 갔다 하고 있었다.

"왜 이렇게 가슴이 뛰지. 진짜 미치겠네."

구현진은 어떻게 해야 할지 몰랐다. 여자랑 단둘이 방에 있는 것도 처음이었다. 저녁을 먹을 때는 억지로 아무렇지 않은 척, 여유 있는 척했지만, 도무지 진정할 수가 없었다. 소파의 자리를 옮겨놓고, TV를 켜고, 혼자서 안절부절못했다.

그러는 사이 샤워실 문이 열렸다. 촉촉이 젖은 머릿결을 한

파자마 차림의 아카네가 수줍게 미소를 지으며 나왔다.

그 모습을 한동안 바라보던 구현진이 고개를 흔들며 말했다.

"어, 그럼 나도 씻을까."

구현진이 황급히 샤워실로 들어갔다. 구현진 역시 샤워를 하면서 두근거리는 가슴을 진정시켰다.

"오늘따라 너무 예쁘네. 파자마 입은 모습도 너무 귀엽고…… 하아, 미치겠다."

구현진은 샤워기 물을 틀어놓고 거칠게 비누칠을 했다.

샤워를 다 마치고 나온 구현진은 막상 잠옷을 입고 침대에 앉아 있는 아카네를 보고 고개를 저었다.

'내가 지금 무슨 생각을 하는 거야. 아니야, 이건 아니야.'

구현진이 마음을 다잡고 소파로 향했다.

"안 자고, 뭐 해?"

"자, 자야죠."

아카네가 서둘러 침대에 누웠다.

구현진도 소파로 가서 누웠다. 그렇게 한동안 말이 없었다. 방 안에는 무거운 침묵만이 맴돌았다.

그렇게 10여 분이 흘러가고 아카네가 힐끔 소파에 누워 있는 구현진을 바라보았다.

"오빠…… 자요?"

"아니."

"왜 안 주무세요?"

"그러는 너는?"

"전……."

아카네가 잠시 머뭇거리더니 말했다.

"오빠, 불편하게 그러지 말고 침대에서 주무세요."

"아니, 괜찮아."

"내가 불편해서 그래요. 괜히 제가 와서 오빠를 불편하게 만드는 것 같아서, 편하지 않아서 그래요."

"난 괜찮아. 신경 쓰지 말고 자."

그러자 아카네가 침대에서 몸을 일으켰다.

"정말 마음이 불편해서 그래요. 마치 제가 침대를 뺏은 것 같잖아요. 미안해서 잠도 안 와요."

구현진 역시 소파에서 몸을 일으켰다.

"그럼 어떻게 할까? 같이 침대에 누워?"

"그래요, 그거 좋은 생각이에요. 같이 자면 되겠네요."

"뭐라고?"

구현진의 눈이 커졌다. 아카네는 생긋 미소를 지었다.

'하아……. 미치겠네.'

아카네와 침대에 나란히 누운 구현진은 난감했다. 어쩌다 보니, 이렇게 되었지만 좀처럼 잠을 잘 수 없었다. 요동치는 심장을 진정시키기에 바빴다.

아카네 역시 마찬가지였다. 눈을 뜬 채 천장만 하염없이 바라보았다. 게다가 손을 어떻게 해야 할지 모르고 올렸다가 내렸다가 했다.

그러다가 구현진이 천천히 아카네의 손을 잡았다. 아카네가 움찔하며 고개를 옆으로 돌렸다.

구현진이 넌지시 말했다.

"손만 잡고 잘게. 손만! 오빠 믿지?"

"네……. 소, 손만요."

"응, 손만."

아카네의 심장박동수가 급격히 올라갔다.

'이, 상황은……'

아카네는 언제가 한국 드라마에서 본 장면이 떠올랐다.

어느 날 남녀가 길을 잃고 밤을 지새우게 되었다. 하필 그날 따라 모텔 방도 하나밖에 없었다. 어쩔 수 없이 남녀는 한 방에 눕고, 남자가 이렇게 말을 했다.

"오빠 믿지?"

"응……."

"오빠 손만 잡고 잘게. 걱정 마."

"아, 알았어."

그리고 그날 밤에 역사가 이루어졌다는…….

그것을 떠올린 아카네의 얼굴이 붉게 타올랐다. 입술마저 바짝바짝 타들어 갔다.

'맞아, 이건 신호야.'

그런데 한참이 흘러도 구현진에게서 어떤 리액션도 없었다. 아카네가 살짝 고개를 돌렸다. 구현진이 눈을 감고 이미 잠에 빠져 있었다.

"오빠…… 자요?"

"……."

하지만 구현진에게서는 그 어떤 말도 들려오지 않았다. 급기야 희미하게 코 고는 소리가 들려왔다. 아카네는 실망한 얼굴이 되었다.

"내가 옆에 있는데……."

아카네는 구현진의 잠자는 모습을 넌지시 바라보았다. 그리고 구현진의 코를 손가락으로 살짝 툭 치며 말했다.

"정말 손만 잡고 자네."

아카네의 말 속에 아쉬움이 가득 묻어나 있었다. 그렇게 아카네는 거의 날을 새다시피 뜬눈으로 밤을 보냈다.

다음 날 아침 구현진이 눈을 떴다. 그때 들려오는 달콤한 목소리가 있었다.

"오빠, 일어났어요?"

"어어…… 벌써 일어났어?"

"네."

구현진은 벌써 일어나 씻고, 화장하고, 모든 준비를 마친 상태로 앉아 있는 아카네를 발견했다.

"물 드릴까요?"

"아, 아니…… 일단 나도 씻고 나올게."

"그러세요."

구현진이 부랴부랴 샤워실로 향했다.

그사이 아카네에게 혼조의 문자가 날아왔다.

[일어났니?]

[일어났어.]

[현진이 잠버릇 고약하지 않디?]

[전혀.]

[그래? 아무 일 없는 거지?]

그 문자에 아카네는 답장을 망설였다. 그 시간이 길지 않았음에도 혼조는 그새를 못 참고 또다시 문자를 보냈다.

[설마 무슨 일 있었어? 현진이가 무슨 짓 한 거야?]

[아니, 아무 일도 없었어.]

[진짜? 진짜 아무 일 없었던 거야?]

[그래! 아무 일도······.]

혼조는 답답해 미칠 지경이었다. 아카네의 반응을 보니 정말 무슨 일이 없었던 것 같은데, 아카네가 묘하게 기분이 안좋아 보였다.

[왜 그래? 기분 안 좋은 일이라도 있었어?]

[오빠, 나 매력이 없는 걸까?]

아카네의 물음에 혼조가 놀란 눈이 되었다.

[뭔 소리야? 무슨 일 있었지? 그렇지?]

[아니, 정말 너무 아무 일이 없어서 문제야.]

[지금 무슨 말을 하는지 도무지 모르겠다.]

[아무 일도 없었다고!]

아카네는 그렇게 문자를 보내고 스마트폰을 내려놓았다.

깊은 한숨을 길게 내쉬었다.

"하아, 나에게 정말 매력이 없는 걸까? 아니면 오빠가 날 여자로 생각하지 않는 걸까? 어제 날 좋아한다고 했잖아. 그런데……."

아카네는 생각을 하다가 고개를 세차게 흔들었다.

"TV나 보자."

아카네는 생각을 털어내기 위해 TV를 틀었다. 뉴스 앵커가
나와 뉴스를 전했다.

마침 구현진에 관한 뉴스가 나오고 있었다.

-프리미어12의 영웅, 구현진 선수가 어젯밤 어떤 여성과 함
께 호텔로 들어갔다고 합니다. 목격자의 말을 들어보겠습니다.

곧바로 화면이 바뀌며 모자이크 처리된 여성이 나왔다.

-어제 미모의 여성이 새벽까지 구현진 선수를 기다리고 있
었어요. 저기 커피숍에서요. 그런데 잠시 후 구현진 선수가 내
려오더니 그 여인과 함께 방으로 올라갔어요.

-혹시 누군지는 아시겠어요?

-글쎄요, 고하라랑 비슷한 것 같았어요.

-고하라요? 확실해요?

-잘 모르겠어요. 자세히 보지 않아서요.

그렇게 인터뷰는 끝이 나고 기자는 곧바로 고하라로 추정된

여성이 호텔에 함께 묵었다고 보도를 해버렸다.

이후 언론은 난리가 났다.

고하라의 소속사에서는 상황을 확인해 보겠다는 답변만 올라와 있었다. 이러한 것이 더욱더 사건을 키우고 있었다.

한편, 샤워를 마치고 나온 구현진은 탁자에 올려놓은 스마트폰이 요란하게 울리는 것을 확인할 수 있었다.

"어? 아침부터 아버지가 왜 전화했지?"

구현진은 머리에 수건을 올려놓은 채 전화를 받았다.

"네, 아버지."

-너 이 녀석! 지금 뭐 하고 다니고 있어!

"네? 뭐 하다니요?"

-지금 여자랑 같이 있지!

"아, 아버지가 어떻게……."

-야, 이놈아, 너 어젯밤 기사 뜬 것도 모르냐! 당장, 부산으로 뛰어 내려와!

"네?"

-아니면 아부지가 올라간다!

"아, 아뇨. 제가 내려가요. 지금 내려갈게요."

구현진은 황당한 얼굴로 전화를 끊었다. 아카네가 걱정스러운 표정으로 물었다.

"아버님이에요?"

"그래."

"무슨 일로……."

"무슨 기사가 떴다는데……."

구현진이 중얼거리며 TV로 시선을 보냈다. 그곳에 자신의 기사가 나오고 있었다. 구현진의 눈이 커졌다.

"이런……."

구현진이 난감한 표정이 되었다.

아카네가 조심스럽게 물었다.

"왜 그래요?"

"너, 저 뉴스 봤어?"

"네, 오빠 얼굴이 나와서……."

그 순간 아카네의 눈이 커졌다.

"그럼 저 뉴스가 오빠랑 저…… 예요?"

구현진이 심각한 표정으로 고개를 끄덕였다. 아카네는 두 손으로 입을 가리며 놀랐다.

"어떡해요? 혹시 저 때문에 많이 곤란해진 거예요? 미안해요. 제가 곧바로 해명할게요."

구현진 입장에서도 고민할 수밖에 없었다.

아카네와 함께 간다고 해서 제대로 된 해명이 될 리가 없었다. 이미 한번 퍼진 잘못된 이야기를 잡는 것은 그리 쉬운 일이 아니었다. 도리어 또 다른 오해가 생길지도 모를 일이었다.

무엇보다 구현진은 아카네를 앞세우고 싶지 않았다.

그렇다고 구현진 혼자 부산에 내려가면 아버지에게 뒈지게 혼날 것 같았다. 이런 상황에서 혼조한테서 전화가 왔다.

"어, 전화 받았다."

-야, 이 새끼야! 내 동생 어떻게 할 거야!

혼조는 자기 동생을 책임질 것 아니면 빨리 정리해 주길 바랐다.

구현진 역시 혼조의 그런 마음을 잘 알았다.

하지만 구현진은 아카네를 좋아했다. 지금 상황에서는 다른 방법이 없었다.

"야, 일단 끊는다."

-뭐? 야! 야! 구현진!

구현진은 일단 전화를 끊고 아카네를 봤다.

자신의 행동으로 구현진이 난감해졌을 거란 생각에 아카네는 잔뜩 걱정하는 듯했다.

구현진은 큰 결심을 한 듯 아카네를 바라보며 말했다.

"우리 집에 가자. 같이!"

4.

"올 시간이 지났는데 왜 이렇게 안 오지?"

구현진은 초조한 듯 방 안에서 이리저리 움직였다.

아카네는 침대에 다소곳하게 앉아 있었다.

그때였다.

문을 두드리는 소리가 들려왔다. 구현진이 곧바로 문 쪽으로 향했다. 그리고 문에 얼굴을 대고 조심스럽게 물었다.

"누구세요?"

"형이야."

박동희였다. 구현진의 표정이 한결 밝아졌다. 곧바로 문을 열어주었다.

"형, 왜 이렇게 늦었어요."

"지금 호텔 앞에 기자들이 쫙 깔렸어. 나도 겨우 들어왔어. 그보다 어떻게 된 거야? 전화로는 말 못 한다며? 진짜 고하라야?"

"아니에요."

"그럼?"

"일단 들어오세요."

박동희는 구현진을 따라 들어갔다. 그리고 침대에 다소곳이 앉아 있는 아카네를 발견했다.

"아, 아카네?"

"안녕하세요."

아카네가 자리에서 일어나 인사를 했다.

박동희의 시선이 구현진에게 향했다. 구현진 역시 어색한 미소를 띠고 있었다.

"하아……. 일단 알겠고. 차는 지하 주차장에 있어. 내가 호텔 관계자랑 얘기를 마친 상태니까 일단 지하 주차장으로 가서 차부터 타자. 부산으로 갈 거지?"

"네."

"알았다. 조심히 따라와."

"알았어요. 아카네, 가자."

"네."

구현진이 아카네의 손을 잡고 이끌었다.

박동희는 미리 알아봐 둔 엘리베이터를 통해 구현진과 아카네를 이끌었다.

"자, 이걸 타고 가자."

엘리베이터가 움직이고, 구현진이 박동희에게 말했다.

"형, 번거롭게 해서 미안해요."

"아니야, 괜찮아."

박동희는 대답하고는 두 사람을 힐끔 보았다.

아카네는 잔뜩 부끄러운지 고개를 푹 숙였다. 그리고 구현진과 눈이 마주쳤다. 박동희가 피식 웃었다.

"자식, 너도 다 컸구나."

"예? 아니, 형. 무슨 말씀을 하시는 거예요! 아무 일 없었어요!"

"그래, 그래."

박동희가 실실 웃었고 구현진과 아카네는 얼굴이 잔뜩 빨개진 채 고개를 숙였다.

"도착했다."

엘리베이터 문이 열리고 박동희는 주위를 살피며 주차한 장소로 이동했다. 그때 한 명의 기자가 그들을 발견했다.

"구현진 선수다! 구현진 선수!"

그 기자의 소리를 들은 다른 기자들이 동시에 달려들었다. 박동희는 곧바로 구현진과 아카네를 보냈다.

"자, 키 가지고 가. 여긴 내게 맡기고."

"아, 알았어. 고마워 형."

"어서 가기나 해!"

구현진은 아카네의 손을 이끌고 차로 뛰었다. 그사이 박동희는 기자들을 막아섰다.

"방금 구현진 선수 맞죠? 같이 있는 여성분은 누구입니까?"

"고하라 양 맞습니까?"

"아, 죄송합니다. 지금은 어렵고 나중에 따로 기자 회견을 하겠습니다."

"말씀해 주십시오. 지금 구현진 선수는 어디로 가는 거죠?"

"허허, 거참! 그건 나중에 따로 말씀드린다니까."

"지금 말씀해 주십시오. 구현진 선수는 지금 어딜 가는 것입니까?"

"어딜 가다니요. 그러니까……."

박동희는 힐끔 구현진을 확인했다. 차에 올라타고 막 출발을 하고 있었다. 그러자 기자들이 난리가 났다.

"야, 간다! 잡아!"

"쫓아! 쫓으라고!"

기자들이 우왕좌왕하며 다들 차에 올라타려 했다.

하지만 모든 차량은 지상에 있었다.

"야, 가자! 가!"

몇몇 기자는 스마트폰을 꺼내 어딘가로 전화를 걸었다.

"지금 당장 차 준비해! 구현진 선수가 차로 이동해! 빨리 움직여!"

다른 기자들도 마찬가지였다. 모두 특종을 잡기 위해 분주히 움직였다. 그 속에서 박동희는 최대한 시간을 끌었다.

"저와 얘기하세요, 저랑! 지금 구현진 선수는 고하라 양과 같이 있지 않습니다. 다른 사람입니다."

박동희의 그 한마디에 기자들이 일제히 멈추었다. 그리고 일제히 박동희에게 마이크와 스마트폰을 가져다 댔다.

"다시 한번 말씀해 주십시오."

"그러니까, 구현진 선수와 같이 있던 여자는 고하라 양이 아닙니다."

"그럼 누구입니까?"

"아직은 밝힐 수 없습니다."

기자들의 질문은 계속되었다.

"고하라 소속사 측에서는 아무런 답변도 없습니다. 만약 아니라면 즉각적인 대응이 있어야 하는 왜 그런 거죠?"

"그건 저도 잘 모르겠습니다. 조금 있다가 확인해 볼 예정입니다."

"고하라 양이 아니라면 누구입니까? 연예인입니까?"

"아닙니다, 일반인입니다."

"좀 자세히 말씀해 주십시오."

"죄송합니다. 답변은 여기까지입니다. 나머지는 나중에 따로 말씀드리겠습니다. 그럼!"

박동희는 이 정도 시간이면 충분히 멀어졌을 것이라 생각했다. 그래서 상황을 종료시키려 했다.

하지만 이미 구현진을 놓친 기자들은 박동희를 끈질기게 물고 늘어졌다.

"한 말씀 해주세요."

"그 여성분은 누구입니까?"

박동희는 기자들에게 둘러싸인 채 천천히 이동했다.

한편, 호텔을 빠져나온 구현진은 곧바로 부산을 내려가는 경부 고속도로로 차를 몰았다.

"후우, 여기까지면 쫓아오지 않겠지."

구현진은 눈으로 백미러와 사이드미러를 확인하며 중얼거렸다. 조수석에 앉은 아카네는 잔뜩 미안한 얼굴로 말했다.

"죄송해요. 저 때문에……."

"괜찮아. 신경 쓰지 마."

"하지만……."

"그것보다 몇 시간 후면 우리 아버지 만날 텐데 괜찮아?"

구현진은 황급히 말을 돌렸다.

그러자 아카네가 앗 하고 소리쳤다.

"맞다! 어떡해!"

아카네는 금방 울상을 지었다.

방 안에서는 호기롭게 '네!'라고 외쳤는데 막상 만날 생각을 하니 긴장이 되었다.

"긴장돼?"

"……네에."

"이젠 어쩔 수 없어. 이미 만나기로 했고, 고속도로를 타버려서 차도 못 돌려."

"아, 알고 있어요. 저도 만나 뵙고 싶어요. 다만……."

"다만, 뭐?"

"떨려서 그렇죠."

아카네는 얼굴을 붉히며 고개를 숙였다.

그 모습을 힐끔 보는 구현진은 아카네가 그렇게 귀여울 수가 없었다.

"괜찮아. 우리 아버지 좋으신 분이야. 아마 널 보면 엄청 좋아하실걸."

"정말요?"

"그럼! 특히 아버지는 애교 많은 사람을 좋아해."

"그, 그래요? 저 애교 없는데……."

아카네의 표정이 금세 시무룩해졌다.

하지만 구현진은 고개를 흔들었다.

"무슨 소리야. 엄청 많던데."

"제, 제가 언제요!"

"아니야, 많아!"

구현진은 대답하고는 실실 웃었다.

그런 구현진을 보고 아카네는 한숨을 푹 내쉬었다.

"여기야."

몇 시간 후 부산에 도착한 구현진과 아카네는 파란 대문 앞에 섰다. 아카네가 손을 가슴에 올리며 크게 숨을 골랐다.

"오빠, 저 어때요?"

아카네가 단정하게 선 채 물었다. 구현진이 아카네를 훑어

보고는 엄지손가락을 올렸다.

"예뻐!"

"정말요?"

"그럼! 어서 들어가자, 아버지 기다리시겠다."

"네에."

아카네는 곧바로 조신 모드로 들어갔다.

구현진은 당당하게 들어갔다. 현관문을 열고 소리쳤다.

"아버지, 저 왔어요!"

그러자 방 안에 있던 아버지가 후다닥 튀어나왔다. 그리고 현관문 앞에 환한 미소로 서 있는 구현진을 향해 일발 욕을 퍼부었다.

"이놈아! 밖에서 어떻게 했기에 그런 기사가 떴어! 퍼뜩 못 오나! 내 다 컸다고 가만있었더니 안 되겠다. 간만에 아버지한 테 혼 좀 나자."

아버지는 팔을 걷어붙이며 소리쳤다. 그러자 당황한 것은 구현진 뒤에 있는 아카네였다. 경상도 사나이답게 걸쭉한 사투리에, 목소리마저 우렁찼다.

구현진도 당황하기는 마찬가지였다.

"아, 아버지! 잠깐만요, 잠깐만요!"

"잠깐은 무신 놈의 잠깐이야! 퍼뜩 안 들어오나!"

"그, 그게 말이에요. 소, 손님이랑 같이 왔어요."

"뭐라꼬? 손님?"

구현진이 슬쩍 몸을 피했다. 그 뒤에 다소곳하게 양손을 모은 아카네가 서 있었다. 아버지의 눈이 커졌다.

"누, 누꼬?"

아버지의 목소리가 어느새 부드럽게 바뀌었다.

아카네는 곧바로 허리를 숙여 인사했다.

"아, 안녕하세요. 아버님."

아버지는 자신을 향해 인사하는 예쁜 처자를 보고는 천천히 구현진에게 시선을 돌렸다.

구현진이 아버지를 보며 씨익 웃었다.

거실에는 어색한 침묵이 흘렀다.

아카네는 고개를 숙인 채 무릎을 꿇고 앉아 있었다. 그 옆에 구현진이 흐뭇한 얼굴로 있었다.

아버지는 아카네와 구현진을 번갈아 보았다.

"그러니까, 누구신지……."

아버지의 물음에 아카네가 고개를 홱 들었다.

"죄, 죄송합니다. 아카네 토모이츠라고 합니다."

아카네가 황급히 인사했다. 아버지가 당황하며 고개를 숙였다.

"아…… 아카네 토모…… 이츠?"

아버지가 중얼거리며 구현진을 바라보았다.

구현진이 피식 웃으며 말했다.

"재일교포예요. 현재 일본에서 살고 있고요. 아버지, 혼조 알죠?"

"아, 알지."

"혼조 친동생이에요."

"그, 그러냐?"

아버지는 아카네를 뚫어져라 바라보았다.

아카네는 아버지의 시선을 받고 고개를 숙였다.

아버지는 아카네에게서 눈을 떼지 않고 한참을 바라보았다. 구현진이 그런 아버지를 보며 말했다.

"아버지 그만 보세요. 민망해하잖아요."

"그런데 한국말 잘하네."

"배웠대요."

"그래? 한국말도 할 줄 알고, 얼굴도 참하고……."

아버지는 잠시 뜸을 들이더니 물었다.

"아카네라고 했어요?"

"네에, 아버님. 말씀 낮추세요."

"그럴까? 아카네는 우리 현진이가 좋나?"

"네?"

"좋나, 안 좋나. 그것만 말해봐라."

아버지의 물음에 아카네가 미소를 지었다.

"네, 좋아요, 아버님."

아카네의 미소를 본 아버지가 씨익 웃었다.

"그럼 됐다!"

아카네는 눈을 동그랗게 떴다. 구현진의 아버지가 무슨 말을 하는지 이해하지 못했다. 그러자 옆에 있던 구현진이 말했다.

"아버지도 네가 마음에 드신대."

"아!"

아카네가 웃으며 아버지를 보았다.

아버지가 미소를 지었다.

"참 곱네 고와."

"가, 감사합니다. 아버님."

이걸로 두 사람의 사이의 어색함은 끝이었다.

잠깐의 시간이 흐른 후 아카네와 아버지는 진짜 며느리와 시아버지라도 되는 것처럼 행동했다.

"아카네야, 이거 함 볼래?"

아버지가 구현진의 어릴 적 사진첩을 꺼내 왔다.

아카네가 깜짝 놀라며 아버지 옆에 찰싹 붙었다.

"아버님, 이게 뭐예요?"

"이거? 점마 어릴 적 사진이지!"

"오빠 사진요? 보여주세요. 보고 싶어요."

"그라제. 함 봐라."

아버지가 사진첩을 주었다.

그러자 구현진이 깜짝 놀라며 말했다.

"아버지, 그걸 꺼내 오면 어떻게 해요!"

"니는 마! 시끄럽다!"

"오빠는 가만히 계세요. 아버님께서 보여주시는데."

아카네는 아버지 곁에 찰싹 붙어서 애교를 부렸다.

"이랬어요? 어머나! 아버님! 멋져요! 이 사람이 오빠예요? 호호호! 귀여워라!"

걱정과 달리 아카네는 아버지와 잘 어울렸다.

구현진은 한쪽으로 물러나 두 사람을 흐뭇하게 바라보았다. 그때 현관문이 열리며 김 여사가 들어왔다.

"현진이가 여자 델꼬 왔다면서요. 어머나! 진짜네. 예쁘기도 해라."

"안녕하세요."

"임자는 어인 일이고."

"어쩐 일이라뇨. 현진이가 왔다는데……."

그러면서 은근슬쩍 아카네 곁으로 갔다. 그리고 얼마 가지 않아 세 사람의 웃음소리가 거실 가득 울려 퍼졌다.

"다행이다."

한쪽에 물러나 물끄러미 세 사람을 바라보는 구현진은 걱정했던 마음이 싹 사라져 있었다.

아카네가 밝은 미소를 지으며 웃는 모습을 보니 구현진의
마음 또한 편안했다.

36장

2020

I.

2020년, 메이저리그 새로운 시즌 개막을 앞두고 있었다.

스포츠 채널에서는 2020시즌을 앞두고 전문가들이 나와 각 팀의 전력을 분석했다.

그들은 그것을 토대로 예상 순위부터 뽑았다.

유력한 1위 후보는 양키즈와 다저스였다. 그 뒤로 각각의 팀들이 올라와 전력 분석에 들어갔다.

"자, 그럼 이제 에인절스에 대해서 말해볼까요?"

MC의 질문에 곧바로 전문가들이 입을 열기 시작했다.

"선발 투수로는 에이스 구현진이 있고. 팀의 간판타자는 매니 트라웃이 있어요. 두 선수 모두 뛰어나지만 작년에 부상을 당해서 작년 팀 성적은 좋지 않았습니다. 하지만 이번 시즌에는 자리만 지켜준다면 충분히 포스트 시즌에 진출할 수 있을 겁니다."

"하지만 마운드가 조금 아쉬운 것은 사실입니다. 현재 에인절스의 선발진은 에이스 구현진과 유현진 이외에 이렇다 할 선수가 없습니다. 유스메이로 페페가 있다지만 잦은 부상으로 거의 전력 이탈이라고 봐야 하죠."

"그래도 JC 라미레즈나 제시 차베스는 아직 건재합니다."

"글쎄요. 저는 조금 회의적입니다. 구현진 선수와 유현진 선수 정도를 제외하면 제대로 활약해 줄 선수가 없는 것이 사실입니다. 지난 시즌 성적이 그러하니까요. 실제로 에인절스의 마운드는 구현진의 부상 공백 때 완전히 무너져 버렸습니다. 그만큼 구현진의 뒤를 받쳐줄 든든한 투수가 부족하다는 뜻입니다."

"그나마 유현진이 버텼지만 혼자서는 무리가 있었죠. 게다가 나이도 많아요."

"맞습니다. 구현진의 뒤를 받쳐줄 투수가 없어요. 유현진도 작년에 확실한 임팩트는 주지 못했어요. 아무래도 노쇠화에 따라 전성기가 지났다고 봐야겠죠. 앞에서 말했다시피 유스메이로 페페는 계속해서 잔부상 때문에 정규 시즌을 제대로 치르지 못하고 있어요. 잔부상만 없다면 확실한 2선발감인데 그

것이 조금 아쉬워요. 지금 에인절스는 구현진을 받쳐줄 확실한 우완 투수가 시급합니다."

"맞는 말씀이에요. 에인절스는 이번 시즌에 트레이드를 통해 선발진 전력 보강에 들어가야 해요."

"잠깐 여기서 하나 짚고 들어가 보죠. 작년 메이저리그 평균 득점이 늘었어요. 팀당 4.50점이나 됩니다. 이는 아마도 홈런 수의 증가 때문인 것 같습니다. 그런데 에인절스의 득점은 4.25으로 메이저리그 평균 득점에도 못 미치죠. 무엇보다 에인절스의 작년 선발진들의 승수는 50승도 채 안 됩니다. 그나마 구현진이 3분의 1을 차지하고 있죠. 게다가 에인절스의 투수 중에서 170이닝 이상 투구한 투수도 2명밖에 없어요."

"현재 에인절스가 포스트 시즌에 나가기 위해서는 일단 선발진의 개편이 필요하겠군요."

"네, 그렇습니다. 그나마 타자 쪽은 알버트 푸욜만 빼고 세대 교체가 이루어졌죠. 올해는 기대해 볼 만합니다."

"네, 감사합니다. 그럼 다음 팀을 알아보도록 하겠습니다."

그날 오후 에인절스 홈페이지에는 하나의 설문이 올라왔다.

〈에인절스에게 가장 필요한 것은 무엇인가?〉
1. 선발진 보강.

2. 타선 보강.

3. 전체적인 리빌딩.

4. 보강은 필요 없다.

　일주일 정도 진행된 이벤트성 설문에서 선택된 것은 76%의 압도적인 득표를 올린 '1번 선발진의 보강'이었다.

　└구와 유가 있어 나름 괜찮지만 지금 당장은 정말 괜찮은 선발진 보강이 필요해.

　└선발도 문제이지만 불펜도 문제야. 기껏 선발진이 막아놓으면 불펜에서 날려 먹은 것이 어디 한두 개야?

　└크윽, 작년 생각이 떠오르네. 불펜에서 방화했던 게 몇 개였더라? 생각하기도 싫어.

　└맞는 말이야. 구야, 뭐 당연히 말할 것도 없고, 유는 약간 아쉽지만 나름 선방했지. 다른 투수들은…… 말 안 해도 지들이 알겠지.

　└맞아, 일본에 괜찮은 투수가 있던데 데려오는 것이 좋지 않을까? 갑자기 이름이 떠오르지 않네.

　└혹시 오타니 쇼이? 만약 그를 말하는 거면 님도 참 멍청하네. 오타니 쇼이는 벌써 다저스랑 계약 끝났네요.

　└헐, 진짜? 난 왜 몰랐지?

　└아무튼 다른 나라 볼 필요 없어. 현재 에이스급 FA가 많아. 그들

을 노려봐야지.

└**구단주가 돈을 풀어야지 않겠어? 돈 좀 풀어 구단주! 올해 에이절스 우승 좀 해보자!**

에인절스 팬들의 뜨거운 관심 속에 피터 레이놀 단장은 긴급회의를 소집했다. 회의실에는 보좌관 레이 심슨과 스카우터들이 보였다.

먼저 입을 연 쪽은 피터 레이놀 단장이었다.

그는 자리에서 일어나 화이트 보드에 뭔가를 적었다.

<선발 보강!>

피터 레이놀 단장은 그것을 툭툭 치며 입을 열었다.

"여러분도 아시겠지만 며칠 전 우리 홈페이지에서 설문조사를 실시했습니다. 그런데 팬들이 선발진 투수 보강을 원하고 있었고, 내부적으로도 현재 선발진을 튼튼히 하는 것을 가장 중요시하고 있습니다. 우리만 알고 있는 것이 아니라, 팬들도 알고 있다는 소리입니다. 이번 긴급 회의를 소집한 것도 이것 때문입니다. 의견들이 있으면 어디 한번 제시해 보세요."

피터 레이놀 단장의 말에 스카우터들은 자신들이 준비해 온 서류들을 훑었다.

침묵이 흘렀다. 들리는 것이라고는 서류를 넘기는 종이 소리뿐이었다.

약 10여 초가 흐른 후 먼저 입을 연 쪽은 스카우터 팀장이었다.

"그렇지 않아도 준비한 것이 있습니다. 이 중 하나를 고르면 될 것입니다."

스카우터 팀장이 가리킨 곳에는 선수들 이름이 빼곡히 적혀 있었다. 피터 레이놀 단장은 그들의 이름을 쭉 살폈다.

"여기에는 마땅한 선수가 없네요."

"없다고요? 우리도 나름 선수들을 고른 것입니다. 젊은 에이스의 뒤를 받쳐줄, 그것도 우완 투수 중에서……."

스카우터 팀장이 약간 언성을 높여 입을 열었으나, 피터 레이놀 단장이 말을 막았다.

"구를 받쳐줄 우완 투수를 찾기 쉽지 않다는 것은 알아요. 그만큼 뛰어난 투수를 찾아야 한다는 겁니다."

"아드라인 톨프. 우완 정통파 투수로 현재 마이너리그에서 98mile/h(≒157.7㎞/h)를 던지는 강속구 투수입니다. 1, 2년만 잘 다듬으면 충분히 쓸 수 있어요."

"그래서 말하는 겁니다. 우리는 지금 당장 이번 시즌에 쓸 자원이 필요합니다. 유망주가 아니라, 지금 당장!"

피터 레이놀 단장의 말에 스카우터들은 난감한 얼굴이 되었다. 현재 그런 투수는 흔치 않기 때문이었다. 스카우터 팀장이 살짝 아미를 찡그리며 말했다.

"현재로서는 즉시 전력이 될 만한 투수가 마땅히 없어요. 혹시 단장님은 그런 선수를 알고 있습니까?"

"네."

피터 레이놀 단장의 말에 스카우터 팀장을 비롯해 다른 사람들이 놀란 표정을 지었다.

"누굽니까?"

"바로 저스틴 벌랜드입니다."

"네에? 저스틴은……."

"소문에 의하면 옵션을 사용해 올해 FA로 나온다고 합니다. 아마 며칠 안으로 공식 보도가 나올 겁니다. 그 안에 저스틴 벌랜드와 계약을 마칠 생각입니다."

피터 레이놀 단장의 말에 스카우터 팀장이 고개를 갸웃했다.

"전, 전혀 그런 소문을 듣지 못했어요. 확실한 겁니까?"

"네, 확실한 정보예요."

"하지만……."

스카우터 팀장은 난감한 얼굴이 되었다.

피터 레이놀 단장이 그를 바라보았다.

"무슨 문제라도 있습니까?"

"저스틴은 나이가 좀 많아요. 아마 올해 나이가 만 37살입니다. 구위도 예전보다 좀 떨어졌고, 작년 성적이 그다지 좋지 않아요."

"인정합니다. 그러나 잘 생각해 보세요. 현재 우리 팀에 필요한 것은 2선발이에요. 그것도 견고한 2선발 필요해요. 저스틴은 탁월한 이닝이터이고, 삼진을 잡는 능력은 아직 충분하다고 생각해요. 무엇보다 저스틴의 스타일이 구와 비슷하다는 것입니다. 아마 구에게 많은 것을 전수해 줄 수 있을 겁니다. 그리고 그가 축적한 포스트 시즌과 월드 시리즈의 경험은 어떤 것과도 비교할 수 없는 값어치를 가지고 있어요. 전 올해 반드시 포스트 시즌 진출과 월드 시리즈 우승을 노릴 겁니다. 그러기 위해서는 저스틴 벌랜더가 필요합니다. 그가 가진 노하우가 구와 시너지를 낼 거라는 생각도 들고요."

피터 레이놀 단장의 열변에 스카우터들은 잠시 입을 다물었다. 잠깐 고민하던 스카우터 팀장이 말했다.

"단장님의 말씀은 잘 들었습니다. 그러나 과연 저스틴이 우리 팀에 올까요? 게다가 그 많은 연봉은 또 어떻게 감당하실 생각이십니까?"

"그 일이라면 저에게 맡겨주세요. 제 일이 아닙니까. 저스틴은 충분히 합리적인 선수로 알고 있어요. 물론 자존심도 높지만, 본인이 전성기가 지났다는 자각은 하고 있을 것입니다. 우리 구단에서 충분히 설명한다면 저스틴도 충분히 자신의 역할에 만족할 것이라는 생각이 듭니다. 아니, 반드시 넘어올 것입니다. 그 부분에 대해서는 내가 직접 나서서 성사시키겠습니다."

피터 레이놀 단장은 자신 있게 대답했다.

그를 본 스카우터 팀장이 피식 웃었다.

"알겠습니다. 그럼 저스틴에 관한 것은 단장님께서 맡아주십시오. 그럼 저희는 쓸 만한 불펜 투수들을 다시 한번 알아보도록 하겠습니다."

"네, 부탁드리겠습니다."

피터 레이놀 단장은 약속대로 직접 움직였다. 차를 타고 어딘가로 이동하는 피터 레이놀은 앞에 있는 보좌관 레이 심슨에게 물었다.

"오늘 약속 잡은 거 맞지?"

"네, 이미 계약에 관한 서류는 팩스와 메일로 보냈고, 오늘 14시에 약속을 잡아뒀습니다."

"알겠네."

피터 레이놀 단장은 차창 밖을 바라보았다.

오늘 중대한 계약을 위해 이동 중이었다.

"잘되어야 할 텐데……."

피터 레이놀 단장의 중얼거림을 들은 레이 심슨이 조용히 그를 격려했다.

"잘될 겁니다."

"그래, 고맙네."

피터 레이놀 단장이 피식 웃었다.

잠시 후 차가 목적지에 이르고 피터 레이놀 단장과 레이 심슨이 내렸다. 높게 솟은 빌딩을 올려다본 피터 레이놀 단장이 입을 열었다.

"몇 층이지?"

"15층입니다."

"그래, 가지."

피터 레이놀 단장이 도착한 곳은 바로 저스틴 벌랜드의 에인전트 사무실이 있는 빌딩이었다.

엘리베이터 문이 열리고, 15층에 도착한 피터 레이놀 단장은 곧장 에인전트 사무실로 들어갔다.

비서가 나와 그를 맞이했고 곧바로 개인 사무실로 안내해 주었다.

"들어가세요."

"고맙습니다."

사무실 문이 열리고 피터 레이놀 단장과 레이 심슨 보좌관이 들어갔다. 자리에 앉아 있던 에이전트가 일어났다.

"어서 오세요. 기다리고 있었습니다."

에이전트는 피터 레이놀 단장을 반갑게 맞이했다.

두 사람이 서로 악수를 나눈 후 자리에 앉았다.

"차는 뭘로 하시겠습니까?"

"커피로 하죠."

"커피로 부탁해요."

비서가 나가자 두 사람은 서론을 생략, 본격적인 이야기를 시작했다.

"검토해 보셨습니까?"

피터 레이놀 단장의 말에 에이전트가 미소를 지었다. 그리고 그가 받은 계약서를 보며 말했다.

"4년 계약에 8천만 달러라고 하셨죠?"

"네, 그렇습니다."

"그것도 매년 2천만 달러인데……."

에이전트가 말끝을 흐리며 피터 레이놀 단장을 보았다.

그러자 피터 레이놀 단장이 미소를 지었다.

"2천 8백만 달러보다는 못하지만, 저희도 나름 신경을 쓴다고 썼습니다. 2014년에 받던 연봉으로 책정한 금액입니다. 부족…… 하십니까?"

"아, 아뇨. 전혀 그렇지 않습니다. 금액적인 부분은 불만이 없습니다. 저스틴도 만족하고 있고요. 문제는 왜 이렇게 많이 주시려는지 궁금해서 물어보는 것입니다. 제가 할 말은 아닙니다만, 저스틴은 현재 나이도 많고 예전만큼의 구위도 없습니다. 설마…… 트레이드 목적으로?"

에이전트가 피터 레이놀 단장을 살짝 떠보았다.

그러자 피터 레이놀 단장이 손을 흔들었다.

"하핫, 전혀 그렇지 않아요. 우린 절대로 저스틴 선수를 트레이드할 생각이 없습니다. 4년 계약하고, 그 뒤에도 에인절스에 남아주길 바라고 있습니다."

"정말…… 그게 다입니까?"

에이전트가 의심의 눈초리로 다시 한번 물었다.

그러자 피터 레이놀 단장이 작게 한숨을 내쉬었다.

"흐음, 이제 와서 숨길 것이 뭐 있겠습니다. 솔직히 말씀드리면 우리 팀에는 젊은 에이스 투수가 있습니다. 잘 아시겠죠. 그런데 그 투수가 저스틴 벌랜드 선수를 참 많이 닮았어요. 우리는 그 젊은 에이스에게 저스틴 벌랜드와 같은 모습을 기대하고 있습니다. 아마 저스틴 벌랜드라면 충분히 많은 도움을 줄 것이라 생각합니다. 두 사람의 시너지가 나타나길 바라고 있지요. 그리고 무엇보다, 저스틴 벌랜드 선수는 아직 충분히 활약할 수 있는 선수라 판단했습니다."

"그렇군요."

에이전트는 피터 레이놀 단장의 말이 마음에 들었다.

그러나 그 감정을 굳이 내색하진 않았다.

"그러면 저스틴이 에인절스에 간다면 누가 에이스죠? 그거 하나만 말씀해 주실 수 있나요?"

에이전트의 기습적인 질문에 피터 레이놀 단장은 순간 당황했다.

"으음, 그건……."

피터 레이놀 단장이 살짝 고민했다.

솔직히 저스틴 벌랜드의 자존심을 맞춰줄 수도 있었다.

그러나 지키지 못할 말을 하는 것만큼 어리석은 짓도 없었다. 피터 레이놀 단장이 그간 주변에 신뢰를 쌓을 수 있었던 것은 솔직함에 있었다.

무엇보다 입에 발린 말은 저스틴 벌랜드에게도 그리고 에인절스의 미래인 구현진에게도 예의가 아니었다.

다만 걱정되는 것은 혹시라도 그 솔직함이 상대의 기분을 나쁘게 할 수도 있다는 것뿐이었다.

피터 레이놀 단장이 고민하는 모습을 본 에이전트가 조심스럽게 말했다.

"곤란한 질문이었던 것 같아요. 말씀해 주지 않으셔도 됩니다."

"아뇨, 말씀드리겠습니다. 솔직히 실력이나 커리어 면에서는 저스틴 벌랜드가 에인절스의 에이스로 손색이 없지만, 그래도 우리의 에이스는 구현진입니다. 저는 저스틴 벌랜드가 구현진과 함께 최고의 선발진을 구성하기 바랍니다."

에인전트가 피식 웃더니 말했다.

"솔직히 말해줘서 고맙습니다. 에이스로 우대하겠다고 하면서 은근슬쩍 저스틴의 몸값을 깎아내리려고 하는 구단들이 많았거든요. 그런데 이렇게 솔직하게 말해주니 차라리 고맙네요."

저스틴의 에이전트는 잠시 말을 멈추고 커피를 한 모금 마셨다.

"오히려 이런 부분에 있어서 저스틴도 만족할 겁니다. 금액도 괜찮지만 그에게 부여된 역할이 좋네요. 여느 팀처럼 에이스라는 부담감을 안겨주고 무조건 잘해야 한다. 마지막까지 투혼을 불사르라고 다그치지 않고 말이에요. 저스틴 본인도 알고 있어요. 자신의 전성기가 지났다는 것을 말이에요. 하지만 에인절스는 저스틴에게 새로운 롤모델을 제시하고 있네요."

"네, 저희는 저스틴 벌랜드가 에인절스 선발팀 투수들의 리더가 되어주길 바랍니다."

"저스틴도 매우 만족스러워할 것입니다. 내가 잘 얘기해서 계약을 빨리 마무리 지을 수 있도록 하겠어요."

"그리 해주신다면야 저희야 감사하죠."

"네, 그럼 조만간 좋은 결과로 또 뵙겠습니다."

"네."

그렇게 양측은 악수를 나누고 헤어졌다.

그리고 며칠 후 각종 뉴스와 매스컴에서 대대적인 보도를 했다. 그것은 에인절스가 저스틴 벌랜드와 FA 계약을 했다는 내용이었다.

2.

[저스틴 벌랜드 에인절스 입단!]
[4년+1년 총 8천만 달러에 에인절스와 계약]
[구현진에 이은 새로운 에이스 등장]
[에인절스, 저스틴 벌랜드를 품다. 올해 다크호스로 부각!]
[에인절스 저스틴 벌랜드를 영입으로 우승을 노리다]

각종 뉴스가 연일 보도되고 있었다. 그중 대한민국에 있는 구현진의 아버지도 인터넷을 통해 뉴스를 접했다.

"이게 뭔 소리고? 이건 아니지. 에이, 안 되고말고."

아버지는 모니터 화면을 뚫어져라 바라보며 중얼거렸다.

그러자 옆에 있던 김 여사가 고개를 슬쩍 내밀었다.

"와요? 무슨 일 있어요?"

"아이고, 깜짝이야! 언제 왔능교?"

"방금요. 그런데 뭘 보고 그리 화내고 있어예?"

"우리 아들 있는데 괴물이 들어왔단 말 아니야."

"괴물?"

김 여사가 고개를 갸웃했다.

그러자 아버지가 설명을 해주었다.

"혹시 저스틴 벌랜드라고 들어봤나?"

"에이, 현진이 아부지도 아시면서. 내가 야구에 대해서 뭘 알아요? 특히 외국인은……."

김 여사는 고개를 크게 흔들었다.

그러자 아버지가 모니터 화면에 나온 저스틴 벌랜드를 가리 켰다.

"야, 별명이 뭔 줄 아나? 바로 금강벌괴라고 해."

"금강벌괴요? 무슨 그런 별명이 다 있노."

"아무튼 이 녀석은 괴물이야, 괴물! 엄청 공을 잘 던진다고. 이러면 우리 현진이 자리가 위험한데."

"현진이가요? 와요? 와 위험한데요?"

아버지의 말을 듣고 김 여사 역시 걱정스러운 표정을 지었다.

"위험하지. 우리 아들 자리도 빼앗을지 모르는데. 큰일이 네."

"아이고, 우짜면 좋아요? 걱정이네요."

김 여사도 함께 걱정해 주었다.

아버지는 혼자 고민했다.

"와 인마가 에인절스에 오는지 모르겠네. 아무래도 안 되겠다. 일단 물어봐야지."

아버지는 불안한 마음에 구현진에게 전화를 걸었다. 잠시 후 구현진의 목소리가 들려왔다.

-네, 아버지.

"뭐 하노?"

-방금 훈련 마치고 샤워하고 나왔죠. 아버지는 무슨 일이에요?

"니, 뉴스 봤나?"

-아, 저스틴 때문에 전화했어요?

"도대체 어떻게 된 일이고?"

-그거야 당연히 마운드 보강 차원에서 데려왔죠. 구단에서 올해 꼭 우승하고 싶은가 봐요.

"아니, 니가 있는데 와 델꼬 오는데?"

-우리 팀이 작년에 성적이 좀 좋지 않았잖아요. 이름값 있고 잘하는 선수를 데려와야 우승할 수 있으니까요. 2017년 때 다저스를 생각해 봐요. 그때 어떻게 했는지. 선발진이 남아도는데도 우승을 위해 다르비슈도 데리고 오고, 불펜도 보강했잖아요. 우리도 그런 맥락이에요. 가뜩이나 우린 선발진도 없고. 이름값도 중요하지만 잘하는 선수가 필요한 거예요.

구현진의 말은 들은 아버지가 이해는 했지만 그래도 불만은 가득했다.

"아무리 그래도 그렇지 니가 있는데…… 델꼬 오더라도 니보다 못한 아를 데려와야지."

-아버지도 참……. 그게 어디 내 맘대로 되나요. 아무튼 걱정 마세요. 저도 이 자리 빼기지 않을 테니까요.

"오야, 알았다. 단디 해라."

-알았어요.

"오야, 이만 끊는다."

-네, 들어가세요.

아버지는 전화를 끊었다. 그러자 곧바로 김 여사가 다가와 물었다.

"뭐래요?"

"뭘 뭐래? 우승할라고 델꼬 왔다는데."

"그럼 현진이한테 잘된 거 아니에요?"

"아, 몰라. 그보다 임자는 하루도 안 빠지고 여기 온다."

"어멋! 그걸 인자 아셨어요?"

"그러니까, 왜 매일 출근 도장을 찍어?"

"에이, 왜 그러실까? 현진이도 우리 사이 인정했는데."

"뭐, 뭐라 처 씨부리쌌노. 내가 은제 인정했노?"

"그게 뭔 소용이라예. 이미 소문도 다 낫고……."

김 여사가 수줍게 미소를 지었다. 그것을 본 아버지는 헛기

침을 했다.

"허허, 거참……."

한편 구현진은 전화를 끊고 깊은 한숨을 내쉬었다.

"하아…… 아버지, 내가 걱정이에요."

그때 혼조가 구현진 곁으로 다가왔다.

"뭘 혼자 중얼거리고 있어?"

"어? 왔어?"

"무슨 일인데?"

"아니, 저스틴이 오면 내가 물러나야 하는 건가 해서 말이지."

"아무리 저스틴이라고 해도 널 쉽게 내리진 않을걸?"

"하지만 난 작년에 못 했잖아."

"야, 잠시 부상으로 이탈한 것뿐이잖아. 그 정도면 충분히 잘한 거지, 어떻게 그렇게 되냐? 아무튼 너는……."

혼조가 인상을 찡그리며 고개를 흔들었다. 그것도 잠시 심각한 표정으로 말했다.

"저스틴도 작년에 썩 잘하진 못했어. 나이가 이제 37세야. 우리 나이로 39살이고. 늙은이란 말이야."

"그래도 저스틴 벌랜드라는 이름과 커리어가 있잖아."

"그렇게만 따지면 루키는 영원히 베테랑을 이길 수가 없어.

물론 너도 이제 루키는 아니지만. 아무튼 너무 걱정하지 마.
넌 그냥 너의 공만 던지면 돼."

"그래, 알았어."

그렇게 혼조는 구현진의 마음을 어루만져 주었다.

그때 에이전트 박동희가 클럽 하우스로 들어왔다.

"어, 형 왔어요?"

"그래. 훈련 끝났지?"

"네, 이제 옷 갈아입고 집에 가려고요."

"그러지 말고 내가 가져온 슈트로 입어."

"슈트요? 어디 가요?"

구현진이 궁금증을 가지며 물었다.

그러자 박동희가 고개를 끄덕였다.

"그래, 이제부터 중요한 데 갈 거야."

"중요한 데? 어디요?"

"저스틴 벌랜드 입단식!"

"에에? 내가 거길 왜 가요?"

구현진이 일단은 거부 의사를 드러냈다.

박동희는 작게 한숨을 내쉬었다.

"흠, 일단은 감독이 참석해 주길 원하고, 나도 그곳에 가주
길 원해. 어떻게 할래?"

박동희의 말을 살짝 곱씹었다.

"감독님이 원한다고?"

구현진이 잠시 고민을 하더니 박동희를 보고 물었다.

"여기서 안 가면 좀팽이 소릴 듣겠죠?"

"후후, 그건 아니지만 그런 이미지는 받겠지. 내 생각에는 가는 편이 좋을 것 같아. 감독 입장에서도 네가 구단의 대표 선수라는 이미지가 있으니까 부른 걸 테고."

박동희의 말을 듣고 구현진이 작게 고개를 끄덕였다.

"그럼 참석해야죠. 갈게요."

구현진은 박동희가 챙겨온 슈트로 갈아입었다. 혼조는 먼저 집에 간다고 했다.

그리고 그날 저녁 구현진과 박동희는 구단 회의실로 이동했다. 오늘 그곳에서 저스틴 벌랜드의 입단식이 열렸다.

구현진이 도착했을 때 이미 많은 수의 기자가 자리를 빼곡히 채우고 있었다.

구현진이 나타나자 곧바로 카메라 플래시가 터졌다. 저스틴 벌랜드는 구현진을 발견하고 먼저 다가가 악수를 청했다. 구현진은 얼떨결에 저스틴 벌랜드와 악수를 했다.

'손이 엄청 크네.'

구현진 역시 손이 크다고 자부했는데 자기보다 조금 더 큰 저스틴 벌랜드의 손을 잡고 놀랐다.

일단 인사를 나눈 뒤, 구현진이 자리를 잡고 앉았다.

잠시 후 피터 레이놀 단장이 회장에 들어왔고 입단식이 시작되었다.

식순이 진행되었고 저스틴 벌랜드는 모자와 유니폼을 건네받았다. 유니폼 등 번호는 이전에 저스틴 벌랜드가 썼던 35번 그대로였다. 그리고 피터 레이놀 단장과 악수를 나누었다.

여기저기서 카메라 플래시가 터졌다.

피터 레이놀 단장과 저스틴 벌랜드는 환한 미소를 지은 채 포즈를 취했다.

그리고 곧바로 기자회견이 시작되었다.

"이곳, 에인절스에 온 소감을 말씀해 주세요."

"에인절스의 일원이 돼 정말 흥분됩니다. 애스트로스에서의 생활도 나쁘지 않았습니다만 작년에 성적이 그다지 좋지 않았죠. 우선 팀을 옮기는 결정이 결코 쉽지는 않았다고 밝히고 싶네요. 하지만 그런 만큼 새로운 가족들과 함께하게 되어 기대도 됩니다. 에인절스의 우승을 위해 최선을 다하겠습니다."

"소식은 언제 들었습니까?"

"저녁에 아내와 식사하던 중 에이전트에게 전화를 받았습니다. 많이 고민했죠. 고려해 볼 것이 많았습니다. 하지만 타이거즈에서 애스트로스로 트레이드되었을 때처럼 전 제 감정에 솔직해져야 했습니다. 그리고 난 결정을 내렸지요."

저스틴 벌랜드가 답변을 마치고 마이크를 내려놓았다. 그와 구현진과 나란히 있는 모습을 본 기자가 중얼거렸다.

"어? 그럼 누가 이 팀의 에이스지?"

"구현진의 속이 말이 아닐 텐데……."

그 얘기를 듣던 저스틴 벌랜드가 옆자리에 앉아 있는 구현진을 향해 엄지손가락을 올렸다.

"Young Ace!"

오히려 저스틴 벌랜드가 스스로 구현진에게 에이스라고 해 주었다.

구현진은 저스틴 벌랜드의 행동에 살짝 어리둥절했지만 이내 환한 미소로 환영해 주었다.

짧지만 중요한 장면이었다.

기자들의 질문은 계속해서 이어졌다.

"올해로 만 37세이십니다. 나이가 많은 편인데 선수 경력이 끝날 시기가 얼마 남지 않을 수도 있습니다. 어떤 각오로 여기까지 오셨습니까?"

"당연히 우승이 목표입니다. 처음에도 말씀드렸다시피 전 나이가 많다고 해서 절대 설렁설렁할 생각은 없습니다. 확실한 각오로 임할 겁니다."

"작년에 부진했는데 올해 몸 상태는 어떤가요?"

"몸 상태는 언제나 베스트를 유지해 왔습니다. 작년도 마찬가지였지만 조금 어긋났을 뿐입니다. 이번 시즌은 잘 준비해서 임하겠습니다."

"현재 에인절스의 에이스는 누가 뭐래도 구현진입니다. 에이스 경쟁을 하게 되었는데 어떤 심경이신가요?"

그 질문에 모든 기자가 저스틴 벌랜드에게 집중했다.

저스틴 벌랜드가 피식 웃으며 말했다.

"말씀대로 에인절스의 에이스는 구현진입니다. 전 이곳에서 아무것도 보여준 것이 없고, 구현진은 많은 것을 보여줬지요. 그것은 바뀌지 않는 사실입니다. 그렇지만 전 비싼 몸값을 받고 왔습니다. 그 돈의 값어치만큼 하는 것이 프로이며, 제가 해야 할 일입니다. 지금까지 해왔던 것처럼 에인절스에서도 최선을 다해 활약할 겁니다."

"그럼 구현진과 에이스 경쟁을 할 생각도 있으신 건가요?"

"제게 있어 선발 순서는 중요하지 않습니다. 저는 구현진 선수를 좋아하고, 특히나 그의 탈삼진 능력을 높게 평가합니다. 구는 나보다 더 위대한 투수가 될 재능을 가지고 있습니다. 그에게 부족한 것은 단지 경험입니다. 그래서 전 구현진 선수와 많은 대화를 나누고 싶고, 제가 겪었던 많은 경험을 알려주고 싶습니다. 그리고 구현진과 함께 에인절스에서 우승을 이룰 겁니다."

저스틴 벌랜드는 당당하게 자신의 의견을 말했다. 그 모습을 지켜보는 구현진 역시 저스틴 벌랜드가 왜 에이스인지 확실히 알게 되었다.

'확실히 대단하긴 해. 오랜 연륜인가? 아님 여유인가? 아무튼 나도 양보할 생각은 없어요.'

구현진이 저스틴 벌랜드를 보며 의지를 다졌다.

저스틴 벌랜드가 구현진을 바라보며 두 사람이 시선이 마주쳤고, 그는 히죽 웃으며 윙크했다.

구현진은 화들짝 놀라며 고개를 홱 돌려 버렸다.

'뭐, 뭐야? 나에게 왜 윙크를 해? 완전 능글맞은 늙은이네.'

그사이 에인절스의 감독인 마이크 오노가 마이크를 받았다.

"든든한 투수를 영입하셨습니다. 기분이 어떠십니까?"

"매우 환영합니다. 저스틴은 대단한 임팩트를 가진 선수고, 우리는 그가 이미 가진 것으로도 충분합니다. 저스틴 벌랜드 선수의 이번 시즌 활약을 기대하고 있습니다."

"올해 목표는 무엇인가요?"

"우리에겐 처스틴과 구가 있습니다. 그리고 강력한 3선발 자원도 있지요. 우승을 노리는 것은 당연한 일 아닐까요?"

"다소 민감한 질문일 수도 있겠습니다. 이번 시즌 1선발은 누구인가요?"

마이크 오노 감독이 저스틴 벌랜드를 쳐다본 후 말했다.

"1선발은 구현진입니다."

그러자 옆에 있던 저스틴 벌랜드는 당연하다는 듯 고개를 끄덕였다.

그러나 마이크 오노 감독이 의미심장한 말도 했다.

"물론 경우에 따라서는 저스틴이 1선발로 나설 수도 있겠죠."

"지금 그 발언은 두 선수의 경쟁을 부추기시는 건가요?"

"메이저리그에 확실한 자리 따위는 없습니다. 저는 구현진이 실력으로 자신의 자리를 지키기 바랍니다."

구현진은 마이크 오노 감독의 말을 듣고 살짝 고개를 끄덕였다.

'그래, 확실한 자리는 없어. 나에겐 긴장감을 내려놓을 자격도 없고. 올해도 역시 최선을 다하자.'

구현진의 의지가 활활 불타올랐다.

기자회견은 이후 몇 번의 질문이 더 오가고 마무리되었다.

3.

저스틴 벌랜드의 입단식을 마치고 구현진은 곧장 집으로 향했다. 문을 열고 소파에 앉은 구현진은 넥타이를 풀어내며 한숨을 길게 내쉬었다.

"역시 정장은 나와 안 맞아."

그때였다. 슈트 안주머니에 넣어 둔 스마트폰이 울렸다.

"어? 현진이 형이네."

유현진은 곧바로 전화를 받았다.

"네, 형."

-너 어디냐?

"방금 집에 들어왔어요."

-방금 기자회견 뉴스로 봤다. 너 괜찮냐?

"안 괜찮을 건 또 뭐 있겠어요?"

-나는 마음에 안 들어. 멘토가 필요하면 내가 해주면 되는데 뭐 한다고 저스틴 벌랜드를 데리고 왔지?

"그러게요. 전 에인절스 선발진이 그렇게 약하다고 생각지 않는데 말이에요."

그러자 수화기 너머 유현진의 감탄 소리가 들려왔다.

-오오, 팀의 에이스께서 형을 챙겨주는 거냐? 아님 동정이냐?

"에이, 무슨 동정이에요. 형은 영원한 저의 우상이라고요."

-말이라도 고맙다. 아 참, 너 그러면서 은근슬쩍 저스틴에게 몇 마디 나누면서 실실 웃는 거 아냐?

"에이, 제가 그러겠어요."

-그건 모르는 거지.

"전 안 그래요."

-그래! 믿어보마.

"형이나 그러지 마요."

-야, 형이야. 그나저나 걱정이다. 저스틴이 비록 나이가 많다고 하지만 여전히 위력적인 투구를 하는데. 여차하면 너, 에이스 자리 빼앗길지도 몰라.

유현진의 현실적인 말에 구현진의 표정이 진지해졌다.

"알고 있어요. 저도 최선을 다해야죠."

구현진 역시 마음을 다잡았다.

-우리끼리, 아니, 한국 사람끼리 똘똘 뭉치자. 절대 저스틴에게 자리를 빼앗기면 안 돼!

"넵!"

-그래, 그런 마음을 항상 가지고 있으면 돼. 알았다, 이만 끊자, 쉬어라.

"네, 형도 쉬세요."

구현진은 전화를 끊고 소파에 누웠다. 천장을 바라보며 나직이 중얼거렸다.

"저도 쉽게 물러나지 않아요."

다음 날, 오후 훈련을 마친 구현진이 클럽 하우스에 앉아 있었다. 샤워를 마친 상태로 수건을 머리에 쓰고 있었다.

"후우……."

짧게 한숨을 내쉬며 수건을 내렸고, 그때 주변의 눈치를 살피며 유현진이 다가왔다.

"야, 현진아."

"어? 네, 형."

유현진이 구현진 바로 옆자리로 의자를 가져와 앉았다.

"왜요? 저한테 하실 말씀 있으세요?"

"그게…… 사실 말이야."

유현진은 매우 조심스럽게 말을 꺼냈다.

"무슨 얘기 하시려고 그래요? 그냥 속 시원하게 말해요."

"그래, 솔직하게 말할게. 저스틴이 같이 밥 먹자고 하는데, 갈래?"

"예? 밥이요?"

구현진이 유현진을 째려보며 말했다.

그러자 유현진이 헛기침을 하며 눈을 피했다.

"어어…… 그게 말이다. 내가 잠깐 얘기해 봤거든. 일단 생각보다 사람이 괜찮아. 난 좀 잘난 척할 줄 알았는데 그런 것도 없고. 어쩌다 보니까 얘기가 잘 통해서 같이 밥 먹기로 했어."

원래 저스틴 벌랜드는 곧바로 구현진에게 말을 걸어볼 심산이었다. 그런데 구현진이 잔뜩 경계하고 있어 친한 사람인 유현진에게 먼저 다가간 것이다. 그를 통해 구현진에게 접근을 시도한 것이었다.

"형, 어제……."

"야야, 어제는 어제고 오늘은 뭐…… 대화하다 보면 바뀔 수도 있지."

"배신자!"

구현진이 눈을 날카롭게 뜨며 말했다.

그 말을 들은 유현진이 순간 당황했다.

"배, 배신자라니……. 넌 형한테 어떻게 그런 말을 하냐!"

"그럼 아니에요?"

"아, 아니. 그쪽에서 먼저 다가와 말을 거니깐. 그렇다고 몰상식한 사람이 될 수는 없잖아. 안 그래?"

"그건, 뭐 그렇지만……."

"그치, 그치?"

"그래서 저스틴이랑 같이 밥 먹기로 하셨다고요?"

"응, 오늘 저녁 함께하자고 하네. 그러지 말고 너도 가자."

유현진이 부드럽게 말을 꺼냈다.

그 모습을 보며 구현진이 속으로 외쳤다.

'완전히 푹 빠졌네.'

"갈 거야? 가자!"

"어쩔 수 없죠. 형이 먹자고 하면 먹어야죠."

"자식! 잘 생각했다."

유현진이 구현진의 목을 휘어 감고는 말했다.

구현진은 그런 유현진에게서 벗어나려고 발버둥을 쳤다.

"혀엉, 손 좀 놓고! 허어엉!"

구현진은 유현진의 차를 얻어 타고 고급 레스토랑에 도착했다.

"여기에요?"

"그렇다네. 내려."

구현진이 차에서 내리고 유현진 역시 발레파킹을 맡긴 뒤 레스토랑 안으로 들어갔다. 입구에는 깔끔한 정장 차림을 한 웨이터가 서 있었다.

그는 구현진과 유현진을 발견하고는 정중하게 말을 걸었다.

"어서 오십시오. 자리 안내해 드리겠습니다."

웨이터가 안내했고, 구석진 자리에 저스틴 벌랜드가 먼저 와 있었다. 유현진과 구현진을 발견하고는 환한 미소로 손을 흔들었다.

"여기!"

유현진과 구현진이 자리에 앉았다.

"식사는 내가 주문했는데……."

"괜찮아. 우린 상관없어. 아무거나 잘 먹거든!"

"다행이네."

그런데 저스틴 벌랜드는 구현진에게서 시선을 떼지 않았다. 구현진 역시 저스틴 벌랜드를 바라보았다. 그제야 저스틴 벌랜드가 환하게 미소를 지었다.

"한번 같이 자리하고 싶었어. 네 활약은 잘 봤다."

저스틴 벌랜드가 먼저 이야기를 꺼냈고 구현진도 미소를 지었다.

"저도 존경하는 투수를 직접 만나 반가워요."

대화를 나누는 도중, 애피타이저를 시작으로 식사가 나오기 시작했다. 세 사람의 이야기는 끊이지 않았다.

"지난 시즌은 좀 많이 아쉬웠겠어. 부상만 아니었다면 더 좋은 성적을 얻었을 텐데. 하지만 프리미어12에서의 활약상은 정말 인상 깊었지. 공 정말 좋더라. 그걸 본 후 너하고 같은 팀에서 뛰고 싶다는 생각이 들 정도였으니까. 다행히 에이전트에게 연락이 와서 흔쾌히 수락했지. 물론 팀에서 좋은 조건을 제시했지만, 내가 확신을 가질 수 있었던 것은 네가 있었기 때문이야. 널 보면 옛날 나의 어린 시절이 떠오르거든."

저스틴 벌랜드의 말을 듣고 유현진이 끼어들었다.

"이 녀석이 저스틴, 너의 젊은 시절만큼 던진다고?"

"후후, 아마 훨씬 잘 던질걸."

"그래?"

유현진이 힐끔 구현진을 보았다.

그러자 구현진이 히죽 웃으며 어깨를 으쓱했다.

"잘 들으셨어요?"

"그래, 들었다! 에잇, 밥이나 먹어야지."

유현진이 투덜거리며 나이프와 포크를 부지런히 움직였다. 저스틴 벌랜드는 피식 웃으며 말을 계속 이어갔다.

"솔직히 말해서 난 저 나이에 구현진만큼 던지지 못했어. 그래서 무척이나 기대돼. 만약 구가 여기서 경험을 쌓고, 노하우를 얻고 나면 얼마나 대단한 투수가 될지. 그걸 내 눈으로 직접 보고 싶었어."

저스틴 벌랜드가 솔직하게 자신의 마음을 드러냈다.

구현진으로서도 그의 진심을 느낄 수밖에 없었다. 대화가 진행될수록 구현진은 조금씩 그에게 마음을 열었다.

"좋게 봐줘서 고마워요. 우리 앞으로 잘 지내요."

"하하, 내가 먼저 하고 싶은 말이야. 잘 부탁하네."

"네, 잘 부탁해요."

그렇게 두 사람의 묘한 관계는 단 한 번의 자리로 잘 풀렸다. 처음과 달리 경계심은커녕 서로의 실력에 대한 존중만이 생겼다.

세 명 모두 뛰어난 투수인 만큼 공감대도 금방 형성되었다.

그때였다.

저스틴 벌랜드의 스마트폰이 울렸다.

"응? 잠깐만."

발신자를 확인하던 저스틴 벌랜드의 얼굴에 환한 미소가 번졌다.

"미안, 전화 좀 받을게."

"그래."

유현진의 대답과 동시에 저스틴 벌랜드가 전화를 받았다.

"하이, 베이비. 잘 있지? 그럼, 지금 같이 밥 먹고 있어. 그래……."

구현진을 밥을 먹다가 슬쩍 유현진에게 조심스럽게 물었다.

"형, 저스틴……. 혹시 결혼했어요?"

"결혼? 했지."

"했어요?"

구현진이 깜짝 놀라자 유현진이 한심하다는 얼굴로 말했다.

"야, 넌 스포츠 뉴스도 안 보냐? 저스틴 여친 엄청 유명한 모델이잖아."

"모델?"

구현진은 잠시 생각을 하더니 곧바로 스마트폰을 들어 검색을 시작했다.

"아! 맞다! 아리나 업튼! 사진 보니 알겠네요."

"그건 그렇고. 역시 저스틴이야."

유현진이 통화하고 있는 저스틴을 향해 엄지손가락을 올렸다. 그 모습을 본 구현진이 물었다.

"왜요?"

"저스틴은 말이야. 나랑 여자 보는 눈이 비슷해. 약간 늘씬하고, 키도 크고, 서구적인 마스크를 가진 여자 말이야. 그래서 내가 저스틴을 좋아한다니까. 뭘 좀 아는 친구지."

구현진이 유현진을 빤히 보았다.

그때 한 여자가 머리를 스쳐 지나갔다. 바로 유현진의 연인인 배지은 아나운서였다. 구현진은 자연스럽게 아리나 업튼과 배지은 아나운서를 비교하게 되었다.

'맞아, 형수님도 물론 예쁘고 늘씬한 편이지만, 세계적인 톱 모델 아리나 업튼이랑 비교하면……'

그렇다고 유현진을 앞에 두고 그건 좀 아니라고 말하는 것도 이상했다.

"네, 형 말이 맞네요."

구현진이 웃으며 말을 했다. 그러다가 유현진이 구현진을 뚫어져라 바라봤다.

"왜, 왜요? 제 얼굴에 뭐 묻었어요?"

"아니, 그게 아니라. 너, 여자 친구 없지?"

"네? 여, 여자 친구요?"

구현진이 순간 당황했다. 그 모습을 본 유현진이 작게 한숨을 내쉬며 말했다.

"하긴, 만날 시간도 없었겠지. 형 말 잘 들어. 너도 이번 기회에 여자 친구 만들어. 이제 메이저리그 3년 차 되었잖아. 내가 소개해 줄까? 그러잖아도 지은이가 소개해 달라고 난리던데. 너 언제 시간 되냐?"

"어…… 그게……."

구현진이 망설이고 있는 사이 저스틴 벌랜드가 전화를 끊었다.

"무슨 얘기 중이었어?"

"아, 너도 짝이 있고, 나도 있는데 얘만 없잖아. 그래서 소개 좀 해주려고."

저스틴 벌랜드가 박수를 쳤다.

"오, 좋은 생각이네."

저스틴 벌랜드가 구현진을 바라보며 진지한 얼굴이 되었다.

"구! 내 말 잘 들어. 메이저리그 투수는 안정적인 생활을 위해서라도 빨리 가정을 이뤄야 해. 심리적인 안정을 위해서라도 말이야. 혹시, 꼭 한국 여자가 아니라도 좋다면 내게 말해. 아리나 주변에도 좋은 사람이 많거든. 소개해 줄 수도 있어."

저스틴 벌랜드의 아내는 유명한 모델이다. 그녀 주위의 여자들 역시 모델일 것이 분명했다.

'이거 좀 난감한데…….'

예전이었다면 고민할 것도 없이 부탁했을 것이다. 옛날이라면 말이다. 이 두 사람이 너무 진지하게 말하고 있으니 더욱 그랬을 것이다.

유현진은 구현진에게 있어서 멘토나 다름이 없었다. 그래서 솔직해지기로 했다.

"사실 저 만나는 사람 있어요."

"뭐?"

"뭐라고? 언제? 아니지, 누구야?"

유현진이 눈을 크게 뜨며 물었다.

구현진은 살짝 쑥스러운 듯 말했다.

"아직은 말하고 그럴 때가 아니에요. 지금 조금씩 알아가는 단계라서요. 그래서 확실하게 말할 수 없어요. 나중에 확실해지면 두 분께 꼭 말씀드릴게요."

"착해? 예뻐?"

유현진이 걱정스러운 표정으로 물었다. 유현진 입장에서는 조금 걱정되었다. 혹여 운동만 한 구현진이 나쁜 여자라도 만나는 것은 아닌지 말이다.

구현진도 그런 유현진의 걱정을 알고 있었다.

"저를 잘 이해해 주고, 배려해 줘요. 무엇보다 요리를 엄청 잘해요."

구현진의 말을 들은 저스틴 벌랜드가 박수를 쳤다.

"그럼 됐어! 아주 이상적인 여자네. 야구 선수에게는 잘 먹고, 잘 쉴 수 있는 그런 휴식처가 필요해. 그렇게 해줄 수 있는 사람이라면 최고지!"

유현진이 구현진에게 물었다.

"야, 현진아. 그보다 예쁘냐? 어려? 몇 살 차이야?"

그러자 구현진이 피식 웃었다.

"그건 나중에요. 나중에 알려줄게요."

"야, 치사하게 이러기냐? 그냥 지금 알려줘."

"아직은 안 된다고요."

"치사한 자식!"

구현진의 단호함에 유현진이 인상을 썼다.

그러자 저스틴 벌랜드가 말했다.

"이봐, 구가 나중에 알려준다고 하잖아."

"난 궁금하다고."

"좀 참아!"

그런 두 사람을 보고 구현진이 미소만 지었다. 세 사람은 이
날 저녁 식사를 통해 서로의 대한 유대감을 형성했다.

그리고 구현진의 비밀 여자친구 때문에 별거 아니지만 세
사람만의 사소한 비밀도 공유하게 되었다.

그리고 그것이 에인절스의 트로이카 삼인방이 결성되는 계
기가 되었다.

4.

-메이저리그 팬 여러분 안녕하십니까! 2020년 메이저리그 개막전 에인절스 대 애슬레틱스와 대결이 있겠습니다. 에인절스가 애슬레틱스와 원정 첫 경기에요.

-네, 애슬레틱스의 홈 개막전이죠.

-에인절스의 1선발은 구현진입니다. 애슬레틱스의 1선발은 카푸 그레이브. 이제 곧 1회 초, 에인절스의 공격을 시작으로 경기 진행됩니다.

1회 초 에인절스의 공격은 타자들이 카푸 그레이브의 빠른 공에 제대로 대처하지 못하며 삼자범퇴로 끝났다.

그리고 1회 말 구현진이 마운드에 올랐다.

구현진은 가볍게 연습구를 던지며 마운드를 점검했다. 자신의 루틴에 맞게 발판을 정리한 후 1번 타자를 상대로 공을 던졌다. 삼구삼진으로 선두타자를 깔끔하게 처리한 구현진은 2번 타자 역시 바깥쪽으로 흐르는 체인지업을 던져 유격수 땅볼 아웃을 만들었다.

하지만 애슬레틱스 3번 타자 라이어 힐튼을 상대로 볼 카운트를 잡으려 던진 커브를 롱타 당해 솔로 홈런을 허용했다. 구현진이 선제 실점을 한 것이었다.

-아, 구! 선제 솔로 홈런을 맞았군요. 리플레이 확인해 보겠습니다.

-지금 보시면, 아시겠지만 구현진의 선택은 커브 볼이었습니다. 볼 카운트를 잡으려 던진 듯한데 약간 중앙으로 몰리며 제대로 꺾이지 않았습니다.

-실투로군요. 라이어 힐튼이 구의 실투를 놓치지 않았습니다. 구가 많이 긴장했을까요?

-하하, 설마요. 그렇진 않을 겁니다.

구현진은 마운드의 흙을 스파이크로 고르고 있었다.

혼조가 마스크를 벗으며 구현진을 보았고 구현진은 손을 들어 괜찮다는 사인을 보냈다.

그리고 4번 타자 크리스 데븐을 5구 만에 헛스윙 삼진으로 잡으며 1회 말 이닝을 마쳤다. 구현진이 터벅터벅 더그아웃으로 들어갔다.

벤치에 털썩 주저앉으며 옆에 던져놓은 수건을 들어 땀을 닦았다. 그때 옆에 누군가 앉는 느낌이 들었다.

"응?"

구현진이 고개를 돌려보았다. 그곳에 저스틴 벌랜드가 활짝 웃고 있었다.

"왜요?"

"괜찮아?"

"그럼 괜찮죠."

"그럼 다행이고. 난 또 괜히 긴장했나 싶어서."

"농담이죠? 이제 고작 홈런 하나인데. 뭐, 올 시즌에 맞을 홈런 지금 맞았다고 생각하죠, 뭐."

"오오, 멘탈 좋은데? 괜한 걱정이었네. 어쨌든 지금 피칭 좋으니 네 스타일대로 던져. 저 녀석들, 네 공 절대 못 건드려."

"네."

저스틴 벌랜드가 고개를 끄덕이며 미소를 지었다. 그리고 구현진의 어깨를 가볍게 두드리고는 자신의 자리로 돌아갔다.

그 이후부터 구현진의 구위는 상태 타선을 압도했다.

7이닝 1실점 8K 무사사구 2피안타 투구수 97개로 좋은 투구를 펼쳤다.

타선 역시 2회부터 폭발하면서 전원 안타를 기록하였다.

최종 스코어 12 대 2. 에인절스는 개막전을 무난하게 승리로 장식했다.

내일 선발 출전하는 저스틴 벌랜드가 박수를 치며 이번 시즌 첫 승리를 축하해 주었다.

오늘 승리 투수인 구현진이 인터뷰를 하였다.

"오늘 개막전을 승리로 장식하셨습니다. 소감이 어떠신가요?"

"개막전은 언제나 떨립니다. 하지만 전 그 부담감을 이겨냈고, 저만의 투구를 할 수 있었습니다. 무엇보다 팀 타선의 도움이 컸죠. 일찍 점수를 뽑아줘 편안하게 던질 수 있었습니다."

"1회 말 선제 솔로 홈런을 맞았습니다. 어떤 공이었나요?"

"아, 커브입니다. 카운트를 잡으러 들어갔던 공이 가운데로 몰렸습니다. 명백한 실투였죠."

"1회 말 투구를 마치고 저스틴과 대화하는 장면이 잡혔는데요. 무슨 이야기를 나누셨나요?"

"홈런 맞은 것은 잊어버리고, 제 공을 던지라는 조언을 들었습니다. 저를 신뢰한다는 생각이 들었고, 그 말에 힘을 얻었죠."

"팬들의 걱정과 달리 저스틴과 잘 어울리는 것 같습니다."

"당연합니다. 우린 매우 친합니다. 같이 몇 번 식사도 했고, 그 과정에서 많은 얘기를 나눴습니다. 그가 왜 존경받는 투수인지 알게 되었습니다."

"그럼 팬들이 정말 궁금해하실 것 같은데요. 유와 저스틴 중 누구와 더 친하신가요?"

아나운서의 짓궂은 질문에 구현진은 헛웃음을 흘렸다.

하지만 구현진은 고개를 흔들며 말했다.

"그건 노코멘트 하겠습니다."

구현진이 실실 웃음 보였다. 그것만 봐도, 어느 정도 여유가 있어 보였다.

그다음 날, 2차전 선발은 저스틴 벌랜드였다.

저스틴 역시 구현진의 투구에 자극을 받았는지 호투를 펼쳤다.

경기 전 구현진과의 대결에 대해 어떻게 생각하냐는 질문에 별로 달가워하지 않는 인터뷰를 했다. 구현진은 같은 팀인데 대결을 한다는 말이 저스틴 벌랜드의 기분을 상하게 만들었다.

그 상태로 마운드에 오른 저스틴 벌랜드는 8이닝을 소화하며 무사사구 8K 5피안타 1실점 106구의 피칭으로 승리를 거두었다.

상대 팀 투수 리암 머나드는 4K 4볼넷 10피안타 6실점을 기록하며 패전의 멍에를 썼다.

한마디로 저스틴 벌랜드가 압승이었다.

중계진은 '금강벌괴가 다시 돌아왔다'라며 찬사를 보냈다.

팀은 어제의 대승에 이어 오늘도 9 대 1로 승리하면서 시즌 초반 좋은 분위기를 이어갔다.

원래 저스틴 벌랜드는 완봉을 위해 8회 말에도 과감하게 마운드에 섰다. 이때까지 그의 투구수는 100개를 넘긴 상태였다.

하지만 아쉽게 선두타자에게 중견수와 좌익수 사이를 가로지르는 2루타를 허용한 뒤 마운드를 넘겨줘야 했다.

그 뒤 후속 타자의 땅볼과 희생플라이로 한 점을 만회한 후 종료시킬 수 있었다.

그다음 날, 3차전에 유현진 역시 6이닝 2실점으로 호투하며 팀의 3연승을 이끌었다.

이렇듯 세 사람이 앞서니 뒤서니 하면서 연승을 이끌었다.

4월의 에인절스는 매우 뜨거웠다. 최고 승률을 올리며 월간 파워 랭킹 1위를 차지했다.

이 모든 것이 저스틴 벌랜드가 에인절스 선발진에 가세하며 가져온 시너지 효과였다.

4월 한 달간 구현진이 3승, 저스틴 벌랜드가 4승, 유현진이 3승을 기록하며 에인절스는 승승장구했다. 세 명의 선발 투수 모두 패는 없었으며, 4월 MVP는 돌아온 '금강벌괴' 방어율 1.69로 4승을 거둔 저스틴 벌랜드에게 돌아갔다.

솔직히 구현진은 안타까운 경기가 많았다.

구현진이 등판할 때면 불펜진이 많이 긴장하는지 동점을 내주는 경우가 많았다.

득점 지원 역시 개막전 때 빼고는 2, 3점밖에 얻지 못했다. 그 결과 노디시전 경기가 많았다. 오히려 유현진이 득점 지원을 많이 받았다.

현재까지 5.88의 득점 지원이었다.

하지만 구현진은 그런 것에 전혀 개의치 않았다. 오히려 팀이 연승할 수 있어 만족했다.

4월 에인절스 선발진.

구현진 3승 무패. 방어율 1.89

저스틴 벌랜드 4승 무패. 방어율 1.62.

유현진 3승 무패. 방어율 2.97

유스메이로 페페 2승 2패 방어율 4.29

채드 차베스 2승 3패 방어율 5.38

에인절스는 5월에도 4월의 열기를 이어갔다.

에인절스 세 명의 선발진이 서로 경쟁이라도 하듯 빼어난 투구를 펼쳤다.

에인절스는 5월 3일부터 5일까지 매리너스 원정경기를 떠났다. 1차전은 구현진이었다.

마운드에 오른 구현진은 7이닝 2실점으로 호투를 펼치며 또다시 승리를 거두었다.

그것을 시작으로 5월에만 무려 5승을 거두며 현재까지 8승 1패를 거두고 있었다. 방어율은 1.97을 기록하고 있었다. 다만 저스틴 벌랜드는 어깨가 다소 식은 듯 보였다.

5월 첫 원정경기인 매리너스 2차전.

저스틴 벌랜드가 2회 말 9번 타자에게 적시타를 허용했다. 이에 맞물려 이번에 갓 메이저리그로 올라온 중견수 파이크의 실책이 겹치며 순식간에 4실점을 허용했다.

하지만 에인절스의 타선도 만만치 않았다.

3회 초 호세의 솔로 홈런을 시작으로 매니 트라웃의 싹쓸이 동점 3타점 3루타를 만들어 냈다.

그다음 푸욜의 적시타로 5 대 4 역전에 성공했다.

이 순간까지 상대 팀 투수는 아웃카운트 하나도 잡지 못했다.

이어진 1사 2, 3루 상황에서 에인절스는 또다시 매니 트라웃의 희생플라이로 6 대 4로 도망갔다.

상대 팀이 4회 초 솔로 홈런을 날리며 한 점 차로 쫓아왔지만 거기까지였다. 타선은 매회 점수를 뽑아내며 대승을 거두었다.

저스틴 벌랜드가 부진하는 와중에도 구현진의 역투는 계속해서 이어졌다.

결국 5월 MVP는 구현진이 차지했다.

6월에 들어서도 두 사람은 치열하게 경쟁을 펼쳤다. 누가 진정한 에이스인지 성적으로 보여주고 있었다.

두 사람은 단순히 승수만으로 경쟁하는 것이 아니었다.

현재까지 구현진이 탈삼진 1위 자리를 지키고 있었고, 그보다 2개 적은 탈삼진을 잡아낸 저스틴 벌랜드가 구현진을 바짝 쫓고 있었다. 현재까지 저스틴 벌랜드의 삼진이 97개 구현진의 삼진이 99개였다.

두 선수는 삼진 기록을 빠르게 갈아치우고 있었다. 이렇듯 두 선발 투수의 시너지 효과로 에인절스는 승승장구했다.

아메리칸 서부 지구에서 독보적인 1위이며, 전체 승률 1위를 지키고 있었다.

구현진은 6월에도 4승을 거둬 현재까지 총 12승을 올렸다. 저스틴 벌랜드 역시 5월의 부진을 딛고 선전하며 10승을 올렸다.

6월까지 12승으로 다승 1위, 평균자책점 1.63으로 개인 기록 1위에 오른 구현진은 유력한 사이영 상 후보에 거론되곤 했다.

물론 후반기에도 이런 식이라는 전제하에서였다.

그리고 그 뒤를 따르는 선수가 바로 마지막 투혼을 펼치고 있는 저스틴 벌랜드였다.

그 역시 노익장을 과시하며 엄청난 투구를 펼치고 있었다.

이러는 사이 7월에 열리는 올스타 투표가 시작되었다.

올스타 투수들은 올스타 팀의 감독이 추천하는 방식으로 참가할 수 있었다. 작년 아메리칸 시리즈 챔피언십 시리즈 우승팀인 양키즈의 조 나베리 감독이 맡았다.

조 나베리 감독은 구현진과 저스틴 벌랜드를 사이에 두고 고민하는 듯했다. 떠오르는 젊은 에이스인 구현진과 오랜 시간 실력을 입증한 베테랑 저스틴 벌랜드 사이에서 쉽게 결정할 수 없었다. 만약 에인절스에서 허락만 한다면 둘 다 데리고 오고 싶은 심정이었다.

그러나 에이스급 투수를 한 팀에서 다 뽑을 수는 없었다.

만약 두 선수를 모두 올스타 팀에 데리고 온다 해도 고민은 남아 있었다. 누굴 먼저 선발에 내세워야 할지 조나베리 감독은 고민할 수밖에 없을 것이다.

이를 궁금해하는 것은 팬들만이 아니었다.

각종 언론사의 기자들은 팬들의 관심을 이유로 인터뷰를 시도했다.

"감독님, 올스타전 첫 선발은 어느 선수로 정하셨나요? 저스틴 벌랜드? 아니면 구현진입니까?"

"사실 둘 다 데리고 오고 싶습니다. 둘은 우열을 가리기 힘든 아메리칸 리그 최고의 원투 펀치죠."

"그러나 아직 승인이 떨어지지 않았습니다. 어떻게 생각하시나요?"

"솔직히 말하면 저로서도 쉽지 않은 결정입니다. 하지만 두 선수 다 같이 올스타전에 참가한다고 상상해 보세요. 아마 그보다 팬들을 열광시킬 일도 없을 겁니다."

조나베리 감독의 말 그대로, 모든 팬이 두 선수의 올스타 참가를 원하고 있었다.

    └**올스타 참가시켜라!**

    └**많은 이닝을 소화 안 시켜도 된다. 제발 두 투수를 올스타에서 보**

고 싶다.

└마이크 오노 감독! 보고 있나?

└모든 팬이 원하고 있다. 꼭 볼 수 있으면 한다.

└난 상관없는데 아무나 나와도.

└괜히 헛소리해서 물 끼얹지 말고 꺼져!

└니나 꺼져!

　팬들의 원성을 들었을까?

　결국 에인절스에서 최종 승인을 내렸다. 그럼으로써 아메리칸 올스타 팀에 구현진과 저스틴 벌랜드 두 사람이 동시에 참가할 수 있게 되었다.

　일각에서는 다른 팀의 에이스 투수도 많은데, 굳이 한 팀에서 두 명의 투수를 데려와야 했을까? 하고 조심스러운 의문을 던졌지만 구현진과 저스틴 벌랜드의 참가를 바랐던 팬들의 압도적인 여론에 간단히 묻히고 말았다.

　팬들은 무엇보다 올스타에서 구현진과 저스틴 벌랜드를 함께 볼 수 있다는 것만으로 열광했다.

　그리고 올스타의 날이 밝아왔다.

　구현진은 메이저리그에 올라와서 3년 만에 올스타 리그 마운드에 섰다.

　언제나 서보고 싶었던 그곳이었다. 수많은 팬이 지켜보고,

선수들 역시 축제를 즐기고 있었다.

마운드에 선 구현진은 길게 심호흡했다.

내셔널 리그의 1번 타자는 다저스의 테일러였다.

구현진은 정말 즐기자는 심정으로 가볍게 공을 던졌다.

구속은 96mile/h(≒154.5㎞/h) 중반 정도 나왔지만, 공의 회전수가 많아 구위가 상당했다.

상대 타자들 역시 적극적으로 타격에 임했다.

퍼엉!

"스트라이크 아웃!"

구현진은 1번 타자 테일러를 깔끔하게 삼진으로 잡아냈다. 그 뒤로 나온 후속 타자까지 삼진으로 잡아내며 1회 초를 끝냈다.

2회 초에도 나온 구현진은 1회까지 합쳐 총 여섯 타자를 연속 삼진을 잡아냈다.

3회 초부터는 마운드를 넘겨 저스틴 벌랜드가 나섰다.

저스틴 벌랜드 역시 구현진과 같이 삼진 쇼를 펼쳤다.

퍼엉!

"스트라이크 아웃!"

저스틴 벌랜드 역시 세 타자 모두 헛스윙 삼진으로 잡아내며 아메리칸 올스타 팀은 3회까지 9타자 연속 삼진 기록을 세웠다.

이는 메이저리그 올스타전 역사상 처음 있는 일이었다.

이런 대기록을 구현진과 저스틴 벌랜드가 합작했다. 두 사람은 더그아웃에서 시종일관 웃음을 띤 채 얘기를 나누고 있었다.

그 장면이 중계 화면에 잡혔다.

-저 두 사람 혹시 사귀고 있는 거 아닐까요?

-에이, 무슨 그런 농담을 하십니까?

-하하, 그만큼 친해 보여서 하는 말입니다. 어쨌든 이번 시즌에 저스틴 벌랜드를 만나 구현진. 호랑이 등에 날개를 단 듯 훨훨 날고 있습니다.

아메리칸 리그는 초반 구현진과 저스틴 벌랜드의 호투에 힘입어 타자들이 쉽게 점수를 뽑아냈다. 그 결과 2020년 메이저리그 올스타전은 아메리칸 리그의 승리로 돌아갔다.

5.

"안녕하십니까, ESPN의 크리스입니다. 어제 메이저리그 올스타전이 끝나고 전반기 휴식에 들어갔습니다. 사흘 후면 다시 후반기에 들어갈 텐데요. 전문가들 모시고 후반기 전망을 알아보겠습니다."

곧이어 두 명의 전문가들이 인사했다.

"안녕하세요, 로드입니다."

"안녕하세요, 필립입니다."

"반갑습니다, 로드, 필립 씨! 전반기를 간단히 정리해 말씀해 주시겠습니까?"

아나운서의 말에 로드가 먼저 마이크를 잡았다.

"네, 대체로 초반에 예상했던 대로 흘러가고 있습니다. 아메리칸 리그에서는 에인절스가 전체 승률 1위를 달성하고 있고요. 내셔널 리그에서는 다저스가 예상대로 전체 승률 1위죠. 이번에 합류한 일본인 투수 오타니 쇼이의 투구가 빛났어요."

"네, 맞아요. 아직까지 건재한 커쇼와 원투 펀치로 다저스의 마운드를 든든하게 지키고 있습니다."

"하지만 아메리칸 리그의 에인절스도 만만치 않아요. 에이스 구현진이 정말 눈부신 활약을 펼치고 있죠. 특히 올해 합류한 금강벌괴 저스틴 벌랜드와 더불어 에인절스의 강력한 원투 펀치를 형성하고 있습니다."

"리그 최강의 원투 펀치죠. 이대로만 간다면 리그 우승은 떼 놓은 당상입니다."

"아, 그런데 한 가지 변수가 있네요."

"올림픽 말인가요?"

"네, 올림픽은 세계적인 축제인데 야구 종목이 2008년 베이징 올림픽 이후 사라졌죠. 그런데 2020년 도쿄 올림픽에서 부활하게 되었습니다. 무려 12년 만입니다. 마지막에 대한민국이 전승으로 금메달을 땄죠. 당연히 이번 올림픽에도 금메달을 노리고 있을 것입니다."

"미국 팀은 역시나 마이너리그 팀으로 꾸린다고 했는데 이번에도 그러겠죠?"

"아마 그럴 것입니다. 하지만 아시아는 다르죠. 대한민국이며 일본, 대만은 12년 만에 야구가 올림픽 종목에 채택된 사실을 특별하게 받아들일 겁니다. 특히 일본은 자국에서 열리는 올림픽인 만큼 우승을 위해 노력할 것입니다. 그렇게 되면 다저스의 오타니 쇼이로서는 참전을 희망하겠죠."

"아, 그럼 일본과 라이벌 구도를 띠는 대한민국 역시 전력으로 임하겠네요. 대한민국이라면 구현진 선수를 무조건 데려가고 싶을 텐데요? 물론 구단에서 승낙해 줄지는 의문이지만."

"아마 좀 힘들지 않을까요? 지금 한창 우승을 노리고 있는 판국에 팀의 에이스가 약 3주간 빠진다는 것은 있을 수 없는 일이죠."

"그렇지만 구현진 역시 국가의 부름에 쉽게 거절하지는 못할 것입니다. 무엇보다 대한민국은 국가대표란 상징성을 높게 평가하거든요."

"아무튼 이번 올림픽에서 구현진이 나설 것인지 아닌지, 지켜봐야 할 것 같습니다. 그럼 후반기 전개에 대해서 얘기를 나누도록 하겠습니다."

전문가들은 곧바로 후반기 전망에 대해 토론을 시작했다.

그사이 어느 사이트에 하나의 주제가 올라왔다.

그 주제를 가지고 한국 네티즌들도 각자의 의견을 나누었다.

[구현진 대한민국 야구 대표 팀 발탁. 과연 뽑힐 것인가? 말 것인가?]

이 기사 밑에 수많은 댓글이 달렸다.

└뽑아야지! 씨발! 안 뽑으면 어쩌자는 거야?

└구현진 없으면 니들 답도 없잖아.

└야, 구현진이 퍽이나 오겠다. 지금 메이저리그에서 펄펄 날아다니거든!

└올림픽인데 당연히 와야지! 그게 맞는 거야.

└참 답답들 하네. 구현진이 오고 싶어 해도 구단에서 보내주지 않으면 못 와! 지금 메이저리그는 리그가 중요하지 올림픽이 중요한 게 아니거든!

└솔직히 협회 하는 꼬라지 보면 안 오겠다.

└그래도 대한민국 국민이면 당연히 와야지.

└아, 글쎄 그게 구현진 맘대로 안 된다니까. 거참들 답답하네.

└국가의 부름에 응하는 것이 대한민국 국민으로서의 마음가짐 아닐까?

"후우."

구현진은 그 많은 댓글을 확인하며 깊은 한숨을 내쉬었다. 그때 박동희가 다가왔다.

"웬 한숨? 무슨 일인데?"

박동희가 힐끔거리며 노트북을 봤다. 뉴스 밑에 달린 댓글을 구현진이 확인한 모양이었다. 박동희가 구현진 옆에 앉았다.

"왜? 신경 쓰이냐?"

"신경 안 쓰인다면 거짓말이죠."

"형이랑 얘기 좀 할까?"

구현진이 고개를 끄덕였다. 박동희가 차분하게 얘기를 시작했다.

"안 그래도 협회와 이런저런 얘기를 나눴어. 네가 오기를 바라고 있더라."

"구단에서는요?"

"구단에서는 당연히 안 갔으면 하지."

"그렇겠죠. 하지만 이번에 내가 불참할 경우에는 병역 문제
가 걸려 있는데 그건 알고 있어요?"

"후, 안 그래도 그 부분에 대해서 구단과 얘기를 나눴다."

"뭐래요?"

구현진의 눈이 반짝였다.

"구단에서는 뭐, 속이 편해. 병역이 문제가 되면, 그냥 귀화
하라고 하던데."

"네에?"

구현진은 어이가 없었다.

"귀화요? 그게 말이 돼요?"

"나도 그 얘기를 듣고 어처구니가 없더라. 하지만 현진아, 그
게 메이저리그의 사고방식이야. 오히려 작은 나라보다 미국 같
은 큰 나라의 국가대표가 되는 것이 낫다고들 생각하더라고."

"그래도 이건 아니죠. 어떻게 그렇게 말해요?"

"그러니까 이게 현실이라는 거야. 뭐, 따지고 보면 문화 차이
일 수도 있고. 아 참, 너도 알지 아놀드 채프먼 말이야."

박동희 물음에 구현진이 잠시 생각했다.

"아, 양키즈의 마무리 투수요?"

"그래, 그 친구가 원래 쿠바 출신인데, 저번에 귀화했잖아."

구현진은 박동희의 말을 듣고 지난 WBC전을 떠올렸다.

그때 쿠바 출신의 최강 마무리 투수 아놀드 채프먼이 미국

으로 귀화 후 미국 국기를 가슴에 달고 뛰었던 적이 있었다.

그때를 떠올리면 귀화라는 말이 나오는 것도 어느 정도 이해가 되었다.

하지만 그건 아놀드 채프먼의 일이고, 구현진의 경우는 달랐다.

"솔직히 어이가 없네요."

구현진의 말에 박동희가 말했다.

"이건 화낼 문제가 아니라 미국 내 사상이 그렇잖아. 아무래도 오만하고, 거만하지 않냐. 네 의사가 중요하다. 일단 예를 들어 추신우 선수를 한번 볼까?"

"추신우 선배요?"

"그래! 지난 2008년 베이징 올림픽 때 참여 못 하고 아시안게임 때 겨우 참가할 수 있었잖아."

"추신우 선배는……"

"그래, 구단에서 반대했지. 게다가 메이저리그 사무국에서도 반대했고. 메이저리그 사무국에서 메이저리그 로스터에 들어 있는 선수는 올림픽에 출전하지 못한다는 제한 규정을 이유로 참가를 반대했던 거야."

"그럼 나도……"

구현진의 표정이 불안해졌다.

"모르겠다. 확실치는 않지만 그럴 가능성이 높지. 어쨌든 이런 규정 때문에 미국 팀도 마이너리그 선수로 구성될 수 있었어. 만약 네가 꼭 참가해야 한다면 널 마이너리그에 내려보내는 수밖에 없어. 그걸 구단이 들어줄지도 의문이고 말이야. 한 달간의 공백? 무시 못 해."

박동희의 말에 구현진의 표정은 매우 심각했다.

잠깐 말이 없던 구현진이 박동희를 바라보았다.

"형 생각은 어때요?"

"내 생각?"

"네."

"솔직히 나는 에인절스의 팀원으로서 나가지 않길 바라. 지금의 너라면 충분히 좋은 성적을 낼 수 있고, 인정받을 수 있어. 커리어는 나날이 쌓이겠지. 지금 같은 성적을 계속 유지하면 협회에서도 아시안게임 때 널 부르지 않을 수도 없어. 실제로 추신우 선수가 그렇게 해서 병역 면제를 받았으니까. 아마 다음 아시안게임에도 중간에 낄 거다. 한 번은 구단에서 말려 못 가겠지만 아마 그때는 막지 못할 거야. 대표 팀도 네가 필요할 테니 부르겠지. 지금 너는 한창 중요할 때야. 커리어를 끊지 않고, 올해 잘 던져야 아무래도 구단에서 장기계약 플랜을 가지고 나올 거야. 널 잡기 위해."

에이전트 박동희가 이렇게 생각하는 것은 자기 고객이 돈을 많이 벌었으면 하는 바람 때문이었다.

에이전트 발상은 그런 것이었다.

이야기를 다 들은 구현진은 고민했다.

그런 구현진을 살며시 바라보다 박동희가 조심스럽게 물었다.

"현진아, 어떻게 할래? 구단에서는 그냥 있는 걸 원하는데."

"그래도 전…… 아직은 참가하는 쪽으로 갔으면 좋겠어요."

"그래? 알았다. 너의 생각이 정 그렇다면 나도 구단하고 다시 한번 얘기해 보마. 무엇보다 너의 의사가 중요하니까."

"고마워요, 형."

"고맙긴. 그게 내 일이니까."

박동희가 환하게 웃으며 말했다.

그때 구현진의 스마트폰이 울렸다.

"어? 아버지?"

"아버지한테 전화가 왔어?"

박동희가 스마트폰을 힐끔거리며 물었다.

"네."

"그래, 나도 이제 가봐야겠다. 어서 받아. 난 나갈게."

"알았어요. 수고해 주세요."

"그래."

박동희가 나가고 구현진이 서둘러 전화를 받았다.

"네, 아버지."

-통화 가능하나?

"괜찮아요. 무슨 일이세요?"

-방금 인터넷으로 뉴스 봤다.

"아…… 보셨어요?"

-니, 이번엔 어떻게 할래?

아버지의 뜬금없는 물음에 구현진이 잠시 말문을 닫았다.

"……."

-와? 아직 결정 못 했나?

"네, 아직 잘 모르겠어요."

-맞나…….

아버지 역시 한동안 말이 없었다. 그도 그럴 것이 아버지 역시 주위 사람들로부터 이런저런 얘기를 듣고 있었다.

'현진이는 당연히 나와줘야지.'

'아이다, 지금 한창 잘나가고 있는데 빠져나오는 것은 좀 글치.'

'무슨 소리고! 국가가 부르면 당연히 와야제. 야들은 지금 당연한 걸 가지고 얘기들이고.'

그 속에서 아버지는 어색한 웃음을 지으며 확실하게 답할 수 없었다.

잠깐의 침묵 뒤에 구현진이 먼저 입을 열었다.

"아버지는 어떻게 했으면 좋겠어요?"

-애비도 잘 모르겠다. 솔직히 우리나라가 금메달을 따려면 니가 가야겠지만…… 인마들이 니한테 해준 것도 없는데.

아버지도 지금 구현진이 리그에서 한창 잘나가고 있다는 사실을 알았다. 아버지로서 자식이 세계 최고의 무대에서 활약하는 아들의 커리어를 막을 순 없었다.

국가대표에 차출되면 그 흐름이 끊어지는 것은 아닐지 걱정이 되었다.

또한 괜히 국가대표에 나갔다가 구단 및 동료들에게 좋지 않게 보이는 건 아닐지 걱정되기도 했다.

-가만. 니, 이번 시즌에 엄청 잘하고 있다메. 무슨 상 탄다는 거 0순위라고 카던데. 맞나?

"아, 사이영 상요?"

-맞다! 그거! 뉴스 보니까, 사이영 상 탈 가능성이 높다메.

"아버지, 그건 더 잘해야 탈 수 있어요."

-그럼 이번에 국가대표 나가면 그 상 날아가는 거 아니가?

"뭐, 그럴 가능성이 높죠."

-그라믄 나가지 마라.

"구단하고 좀 더 얘기해 보고요. 좀 더 생각해 볼래요."

-오야, 알았다. 아버지는 네 선택을 존중한다.

"네, 아버지 감사합니다."

-오냐, 들어가라.

"네, 들어가세요."

구현진는 아버지와 통화를 마치고 생각이 더 복잡해졌다. 그때 혼조가 방을 나왔다.

"에이전트 갔어?"

"응."

"그래서 결론은?"

"아직 모르겠다."

"몰라? 답은 이미 정해졌잖아."

"뭐?"

"가는 거지, 인마. 나 같으면 간다. 물론 네 사정은 다르겠지만 국가가 부르는데, 당연히 가야 하는 거 아니야? 그리고 너 이번에 메달 따면 병역 면제도 가능하잖아."

구현진이 고개를 저으며 말했다.

"에이, 난 병역 혜택 때문에 이러는 거 아냐."

"야, 굳이 복잡하게 생각할 필요 있냐? 솔직히 메달 따서 병역 혜택 받는 게 낫지. 너는 야구 선수고 그 병역 문제가 언젠간 네 발목을 잡을 텐데, 장기적으로 보면 그게 더 마이너스야. 네 미래를 위해서 하는 선택이니까, 나쁘지 않다고 보는데."

혼조는 구현진이 메달을 따서 병역 혜택을 받는 것이 나쁘지 않다며 구현진에게 조언했다.

"하지만 뭐 애국심에 빗대어서 가면 그림이 좋지. 국가를 위해서 말이야."

혼조의 말에 구현진은 또 흔들렸다.

박동희는 메이저리그 선수로서, 또는 프로라는 자각을 원했고, 혼조는 애국심이 먼저라고 했다.

구현진이 혼란스러워하고 있을 때 부엌에서 저녁을 준비하던 아카네가 나왔다.

"식사 준비되었어요. 어서들 오세요."

아카네는 올스타 휴식기에 맞춰 일본에서 건너와 있었다.

혼조가 자리에서 일어났다.

"일단 밥부터 먹자!"

"그, 그래……."

구현진이 자리에서 일어나 부엌으로 향했다.

그 모습을 걱정스럽게 지켜보는 아카네였다.

각자 식탁에 앉아 식사를 시작했다. 구현진 바로 맞은편에 앉은 아카네는 구현진에게서 눈을 떼지 못했다. 구현진이 밥을 깨작깨작 먹고 있었다.

아카네가 조심스럽게 물었다.

"왜요? 밥이 맛없어요?"

"으응? 아, 아니. 맛있어."

구현진이 애써 미소를 지으며 말을 했다. 그럼에도 잘 먹지 못했다.

'평소라면 엄청 잘 드시는데…… 어디 아프신가?'

아카네는 걱정이 되었다. 그러다가 구현진이 먼저 젓가락을 내려놓았다.

"잘 먹었어."

"오빠, 더 드시지 않고요."

"아니야, 배불러."

구현진이 다시 소파로 가서 앉았다.

아카네는 구현진의 모습을 걱정스럽게 바라보았다. 그러다가 구현진에게 말을 걸었다.

"오빠, 뭐 드시고 싶은 거 있으세요? 제가 만들어 드릴게요."

"아니 없어. 고마워, 아카네. 나 먼저 쉴게."

구현진은 힘없이 대답하고는 방으로 들어갔다.

아카네는 그런 구현진을 한참 바라보다가 시선을 돌렸다. 혼조가 아주 맛나게 저녁을 먹고 있었다.

그런데 그 모습이 못내 짜증이 났다.

"오빠는 밥이 입으로 들어가?"

"안 들어갈 건 또 뭐 있어?"

"아니, 친구가 저렇게 힘들어하고 있는데 도움을 줘야 하잖아."

"도움? 스스로 결정해야 할 일이야. 내가 아무리 말해도 소용없어."

"그런 게 어디 있어! 오빠 미워!"

아카네가 버럭 소리를 지르며 그곳을 벗어났다.

혼조는 밥을 먹다가 움찔하며 씩씩거리며 나가는 아카네를
보았다.

"놀라라."

마음 같아선 토라진 아카네를 달래주고 싶었다. 하지만 지
금 아카네가 원하는 건 자신의 위로가 아닐 것 같았다.

"둘이 알아서 하겠지."

놀란 가슴을 가라앉히며 혼조가 다시 젓가락을 놀렸다.

· 37장 ·
선택

I.

구현진이 걱정된 아카네는 조심스럽게 구현진의 방문을 두드렸다.

"오빠, 저예요."

"응, 들어와."

아카네가 문을 열고 안으로 들어갔다. 침대에 누워 있던 구현진이 몸을 일으켰다.

"왜?"

"아니, 식사도 못 하시고 해서요. 뭐 필요한 거 있어요? 아님, 드시고 싶은 거라도……. 제가 다 만들어 드릴게요."

아카네의 물음에 구현진이 고개를 돌려 바라보았다.

두 사람의 시선이 공중에서 마주쳤다.

"필요한 거?"

"네."

"아카네…… 그러니까."

"네, 말씀하세요."

"솔직히 네가 필요해."

"네에? 제, 제가요?"

아카네는 순식간에 얼굴이 붉게 변했다.

아카네는 어찌해야 할지를 몰랐다.

"자, 잠깐만요. 오빠. 저, 아직 준비가…… 음식 냄새도 날 텐데……."

아카네는 자신의 옷 냄새를 맡으며 당황했다. 어찌할 바를 몰랐다.

그 모습을 바라보는 구현진이 피식 웃었다.

"그냥 너랑 좀 걷고 싶어."

"산책…… 요?"

구현진과 아카네는 집 근처 공원에 산책을 나갔다. 날은 이미 어둑어둑했지만, 가로등 불빛이 있어 걷는 데는 지장이 없었다.

두 사람은 말없이 걸었다.

어느덧 공원에 이르렀다. 늦은 시간인데도 몇몇 연인이 있었다. 손을 잡고 다니는 사람들, 큰 나무 근처에서 진한 키스를 나누는 연인도 있었다.

아무 생각 없이 왔던 구현진과 아카네로서는 당황스러울 수밖에 없었다.

"아카네."

"네."

아카네가 깜짝 놀라며 대답했다.

"조용히 대화하기엔 분위기가 별로 안 좋은 것 같지? 우리 저쪽으로 가자."

"아, 네."

구현진은 괜스레 긴장하고 있었던 아카네를 안심시키고 그녀의 팔을 잡아당겼다.

아카네는 구현진이 이끄는 대로 이동했다. 점차 주변이 밝아졌고 근처의 스낵바로 향했다.

"저기 들어가자."

"네."

스낵바에 자리를 잡고 앉자 웨이스트리스가 구현진과 아카네에게 다가왔다.

"뭐로 드릴까요?"

"커피 두 잔 주세요."

"네."

커피가 나올 때까지 두 사람은 잠시 생각을 정리했다. 웨이트리스가 그 정적을 깨고 커피를 내온 뒤에야 대화를 나눌 분위기가 조금씩 잡혔다.

구현진이 커피를 한 모금을 마셨다.

아카네는 구현진이 어떤 고민을 하는지 알 수 없었다. 그러나 구현진이 자신과 그 고민을 함께해 줄 것을 의심하지 않았다. 구현진을 따라 커피를 마시며 그가 입을 열기를 기다렸다.

커피잔이 반쯤 비워졌을 즈음, 구현진이 마침내 입을 열었다.

"고민 중이었어. 이런 걸 말해서 괜히 걱정 끼치진 않을까 싶었는데, 함께 고민해 보고 싶었어."

구현진의 말에 아카네가 고개를 끄덕였다. 그에게서 정말로 듣고 싶었던 말이었다.

"이번 시즌…… 솔직히 내가 생각해도 잘 던지고 있어. 이대로라면 사이영 상을 탈 수 있을지도 몰라. 사이영 상이라고 알아?"

아카네는 혼조로부터 사이영 상이 어떤 것인지, 그 상을 받는 선수가 얼마나 큰 영광을 얻는 건지 익히 들어 알고 있었다.

아카네가 고개를 끄덕이자 구현진이 말을 이어나갔다.

"응, 솔직히 이번 기회를 놓치고 싶지 않아. 그런데 올해 올림픽이 있어. 국가대표로서 최선을 다해 경기하는 것 역시 내겐 중요한 일이야. 또, 이번 올림픽에서 우승하지 못하면 병역 문제로 앞으로 선수 생활이 조금 문제가 생길 여지도 있어."

구현진은 지금까지 아카네에게 어떻게 하면 자세히 그리고 이해하기 쉽게 자신의 상황을 전달할 수 있을지 고민했었다.

그렇게 생각한 덕분인지 다행히 말주변이 좋지 않은 구현진으로서도 아직 한국말이 완벽하지 않은 아카네를 이해시킬 수 있었다.

아카네가 미소를 지으며 말했다.

"그러니까, 오빠는 사이영 상도 타고 싶고 올림픽에도 나가고 싶은데, 둘 다 할 수는 없다는 거 아니에요. 맞아요?"

"맞아."

"음, 올림픽은 4년에 한 번 하는 거죠?"

"응."

"사이영 상은 매년 탈 수 있는 거고요."

"그, 그래……."

"그럼 간단하네요."

아카네가 환한 얼굴로 대답했다.

"뭐, 뭘?"

"나는 오빠가 내년에도 올해처럼 잘할 거라고 믿으니까요."

아카네의 그 한마디에 구현진의 마음이 확 풀렸다.

"……그러네. 내가 왜 내년에는 못 던질 수도 있다고 생각했을까? 올해만 기회는 아니지. 고마워, 아카네."

"아니에요. 오빠에게 도움이 될 수 있어서 다행이에요."

아카네의 예쁜 미소를 보며 구현진은 마음의 결단을 내렸다. 그리고 그다음 날 곧바로 단장을 찾아갔다.

피터 레이놀 단장은 구현진이 찾아올 거라 예상했는지 담담한 얼굴로 그를 맞이했다.

"어서 오세요. 이리 앉으시죠."

"제가 찾아온 이유는 아시죠."

"그럼요. 하지만 저희 입장에서는 솔직히 힘듭니다. 리그 1위를 달리고 있는 지금, 구현진 선수가 올림픽으로 빠져 버린다면 팀의 좋은 리듬을 깨버릴 수 있어요. 그 이전에 구현진 선수를 대체할 선수도 없습니다. 더군다나 사이영 상 수상 후보로 유력한 만큼, 구현진 선수 본인을 위해서라도 이번에는 마음을 잡아주셔야겠습니다."

"팀에는 정말 면목 없습니다. 그렇지만 대체할 선수가 없다는 말씀에는 동의할 수 없네요. 저스틴 벌랜드와 현진이 형 그리고 다른 선발 선수들 모두 리그 우승을 위해 최선을 다하고 성적을 낼 수 있는 분들입니다. 사이영 상은 내년에도 도전할 수 있고요."

"……좋습니다. 하지만 지금 구현진 선수는 메이저리그 로스터에 들어가 있어요. 메이저리그 사무국의 규정에 따르면 메이저리그 로스터에 들어 있는 선수는 올림픽에 참가할 수 없다고 되어 있어요. 그건 알고 계시죠?"

"알고 있습니다. 그래서……."

"그래서?"

"절 마이너리그에 내려보내 주십시오."

구현진의 뜻밖의 말에 피터 레이놀 단장은 순간 움찔했다.

"그렇군요. 마이너리그에 내려가면 올림픽에 참가할 수 있죠."

"네, 일방적으로 말씀을 드려 죄송합니다. 하지만 전 이번 올림픽에 꼭 참가하고 싶습니다. 올림픽 종목에서 야구가 또 언제 사라질지 모릅니다. 전, 이번 기회를 놓치고 싶지 않아요."

"구현진 선수의 마음은 잘 알고 있습니다. 하지만 현재 구단 사정도 생각해 줬으면 좋겠습니다."

"딱 한 달입니다. 4게임 혹은 5게임 정도 등판을 못 합니다. 그 정도면 충분히 소화해 낼 수 있을 거라 생각합니다."

구현진 역시 절대 물러설 생각이 없었다.

피터 레이놀 단장은 한숨을 내쉬었다.

"후우, 그러지 말고 차라리 귀화하는 것이……."

"단장님, 그건 안 된다는 걸 누구보다 잘 아시잖아요."

"알아요. 그냥 답답해서 물어본 것입니다."

피터 레이놀 단장은 구현진이 마음을 돌릴 것 같지 않자 난감해졌다. 단장인 그로서도 에이스인 구현진의 올림픽 출전 문제를 쉽게 결정할 수 없었다.

그런 와중에 구현진이 한마디 했다.

"단장님, 하나만 여쭙겠습니다."

"말씀하세요."

"제가 올해만 잘할 것 같으신가요?"

"네? 그게 무슨 말입니까?"

피터 레이놀 단장이 의아해하며 되물었다.

"그러니까, 제가 올해만 잘할 것 같냐 이 말입니다."

"그건…… 알 수 없는 거죠."

"아니요. 전 알 수 있어요. 확실히 말씀드리지만 전 내년에도 잘할 수 있어요. 그다음 해에도 마찬가지입니다. 그걸로 안 될까요?"

구현진의 간절한 부탁에 피터 레이놀 단장의 눈동자가 급격하게 흔들렸다.

2.

삐익!

"네."

"단장님, KBO 협회 관계자분들께서 도착했습니다."

"알겠어요."

전화가 끊기고 잠시 후 문이 열리며 KBO 관계자들이 모습을 드러냈다. 바로 이용인 자문위원과 남태일 위원이었다.

피터 레이놀 단장은 자리에서 일어나 그들을 반갑게 맞이했다.

"먼 길 오시느라 고생이 많았습니다."

"괜찮습니다. 어차피 미국에 한 번 올 예정이었습니다."

"우선 자리에 앉으시죠."

피터 레이놀 단장이 자리를 권했다. 그리고 차를 주문한 후 얘기를 나눴다.

"이번에도 흔쾌히 허락해 주셔서 고맙습니다."

이용인 자문위원이 먼저 인사를 건넸다.

그러자 피터 레이놀 단장이 미소를 지었다.

"네, 구현진 선수의 고집은 정말 꺾지 못하겠더군요. 워낙에 애국심이 강해서 말이죠. 어쨌든 구를 어렵게 보낸다는 것만 알아주시기 바랍니다."

"하하하, 물론입니다."

"그런데 말이죠."

피터 레이놀 단장이 표정을 굳히며 한 장의 서류를 내밀었다.

"저희 허락도 없이 이미 구현진 선수를 명단에 포함시키셨

더군요."

"아, 그건……"

이용인 자문위원이 난감한 표정을 지었다.

그러자 남태일 위원이 나섰다.

"사실 저희 KBO 입장에서는 발표를 기다리는 팬들도 생각해야 하고…… 이런저런 준비를 해야 해서 말입니다."

"솔직히 말씀드려서 불쾌했습니다. 아무리 그래도 저희와 한마디 상의도 없이 그런 식으로 넣어놓으면 어떻게 합니까."

"일단 죄송합니다. 사실 온 국민이 구현진 선수를 원하고 있어요. 그런데 구현진이 참가하지 못한다고 하면 난리가 납니다. 그래서 어쩔 수 없이 일단 넣었습니다. 양해를 부탁드립니다. 어차피 구현진 선수도 합류하게 되었지 않습니까."

"알겠습니다. 우린 진짜 구현진 선수를 보내고 싶지 않았어요. 구현진 선수가 정말 조국을 위해 참가해야 한다고 강력하게 원해서 어쩔 수 없이 승낙했다는 것만 알아주셨으면 좋겠습니다."

피터 레이놀 단장은 구현진을 어렵게 보낸다는 것을 다시한번 강조했다.

"잘 알고 있습니다. 거듭 감사의 말씀을 드립니다."

"……조건이 있습니다."

피터 레이놀 단장이 본격적으로 대화를 이어갔다. KBO 관계자들도 미리 예상했는지 그다지 놀라지는 않았다.

"말씀해 보세요."

"네, 올림픽에서 야구는 풀 리그로 펼쳐지는 것 같습니다. 예선전 7차전까지 치르고 그중에서 1, 2, 3, 4위가 올라 본선 경기를 치르는 것으로 알고 있습니다. 그럼 준결승과 결승까지 포함하면 총 9게임을 치릅니다. 맞습니까?"

"네, 맞습니다."

피터 레이놀 단장은 찬찬히 서류를 검토했다.

여기서 구현진을 1게임만 뛰라고 할 수는 없었다.

"일단 구현진 선수를 2게임만 뛸 수 있게 해주십시오. 예선 1경기, 본선 1경기. 그것이 저희가 내건 조건입니다. 지켜주실 수 있습니까?"

"물론입니다. 당연히 그렇게 할 것입니다."

KBO 협회에서도 어느 정도 예상한 시나리오였다. 물론 1경기 출전에 대한 시나리오도 만들어놓은 상태였다. 그렇지만, 2경기 출전 제한을 두는 것만으로도 선발 투수 운용이 많이 편해졌다.

"감사합니다. 그럼 구체적인 상황은?"

"일단 서류를 준비하겠습니다."

피터 레이놀 단장과의 얘기는 의외로 쉽게 이어갔다.

한편, 구현진의 합류가 확정된 후 국가대표 팀의 감독 선동인은 빠르게 회의를 소집했다.

"자, 구현진의 합류로 선발진은 갖춰졌습니다. 어차피 지난 프리미엄 12때와 크게 다르지 않습니다. 그럼 예선 1경기부터 7차전까지 선발진을 맞춰보도록 하겠습니다."

선동인 감독의 말에 수석 코치부터 시작해 코칭스태프들이 분주하게 움직였다.

곧 칠판에 예선 1경기부터 7경기까지 나열되었다.

수석 코치가 나서며 설명을 시작했다.

"예선 1경기 일본전을 시작으로, 2경기는 중국, 3경기는 네덜란드, 4경기가 미국, 5경기 쿠바, 6경기 대만, 마지막 7경기는 캐나다로 이어집니다."

선동인 감독이 칠판을 가만히 응시하며 고민했다. 그의 첫 고민은 구현진의 활용 방안이었다. 애초에 현재 가장 확실한 실력을 가진 구현진을 결승전 선발로 활용할 예정이었다.

"지금 상황에서는 구현진은 4차전, 미국전에 던지게 하는 것이 좋겠어."

"그럼 7일간 휴식일이 주어집니다. 너무 어깨를 쉬게 해도 좋지 않습니다. 피칭 리듬을 좋게 하려면 미국전에 던지면 다음 등판은 준결승전에 던져야 하는데……."

"아니. 구현진은 무조건 결승전이야. 그전에 우리 팀은 죽이 되든 밥이 되든 결승까지 진출해야 해."

"휴우, 알겠습니다. 그럼 일단 일본전은 양현중으로 하고요. 2경기는 박세웅, 3경기는……."

그렇게 야구 대표 팀 회의는 밤 늦도록 계속되었다.

구현진이 입국하는 날 인천 공항에서는 엄청난 수의 기자들이 모여들었다.

곧이어 구현진이 입국장에 들어섰고 곧바로 기자회견이 벌어졌다.

[구현진 올림픽 대표 팀에 합류!]

기사가 나오자마자 그 밑에 순식간에 댓글이 달리기 시작했다.

└대박! 드디어 구현진이 합류하는구나.

└기다렸다, 구현진! 금메달 따자!

└역시 국대에는 구현진이 있어야지. 지난 프리미엄 12에서 보여주었던 모습 그대로 보여줘.

└국가의 부름에 당당히 나서준 당신! 정말 아름답습니다.

└이번 시즌 사이영 상을 노릴 수 있는데, 하지만 당신의 목에는 금메달이 있습니다.

모든 팬이 마치 금메달을 딴 것처럼 말하고 있었다.

이럴수록 국가대표 팀의 부담감은 점점 짙어질 수밖에 없었다.

아버지 역시 구현진의 대표 팀 합류로 어깨가 으쓱해졌다. 그는 지인들이 모인 자리에서 당당히 말했다.

"봤제? 우리 현진이가 이런 애다. 구단에서 못 보내준다고 하는데, 안 된다며 국가가 부르는데 가야 한다며 고집을 피웠다, 아이가. 그래서 그 큰 상, 뭐꼬. 아, 사이영 상! 그걸 단호하게 딱 뿌리치고, 왔다는 거 아이가. 무엇보다 우리 현진이가 가슴에 태극 마크 다는 걸 좋아했다, 아이가. 이번에 기필코 금메달 딸 끼다. 두고 봐라!"

"아이고, 아들내미 자랑 오질라게 하네. 그만 때려치라!"

"와? 내 아들 내가 자랑하는데 배 아프나?"

"오야, 배 아프다. 하하핫!"

"마, 오늘 여기 술은 내가 살꾸마! 많이 무라!"

"이거 가꼬 되나? 2차 노래방도 쏴야지!"

"알았다. 그거까지 쏠게!"

아버지는 지인들과 즐겁게 대화를 나눴다. 그 옆에 김 여사도 자리했다.

"칫, 현진이 아부지."

"와 그라노?"

"에이, 언제는 안 나갔으면 좋겠다고 하더니."

김 여사의 말에 아버지는 눈을 크게 뜨며 주위를 두리번거렸다.

"이, 여편네가 와 이라노? 내가 은제 그랬노! 실없는 소리 할 거면 그만 집에 가소!"

"알겠어요, 미안해요."

"어험⋯⋯."

아버지는 헛기침을 한 번 하고는 다시 지인들을 바라보며 미소를 지었다.

장만호 역시 당당히 올림픽 야구 대표 팀에 합류했다.

올림픽 최종 엔트리에 장만호 이름을 확인한 이순정은 폴짝 폴짝 뛰었다.

"됐다! 우리 만호 됐다고⋯⋯. 흐흑⋯⋯."

급기야 이순정은 눈물까지 흘렸다.

그 옆에 있던 장만호도 훌쩍거렸다.

"가스나, 지금 뭐 하는 기고. 남사스럽게, 그만 뚝 그쳐라."

장만호의 대표 팀 발탁에는 구현진의 참가도 적지 않은 영향을 미쳤다. 구현진과의 호흡이 가장 잘 맞는 선수였으며 구현진도 그러한 의사를 표했기 때문이었다.

원래 다이노스에서는 내년에 장만호를 입대시킬 생각이었다. 주전 포수 김태곤이 돌아온 후 올해는 반반씩 출전했다. 그리고 구단에서 넌지시 말을 꺼냈다.

"만호야, 넌 미래의 우리 팀 주전 포수다. 그러니까, 빨리 군 문제를 해결하는 것이 어떠냐?"

이런 제의를 받고 장만호는 홀로 많은 생각을 했다.

정말 가야 하나 말아야 하나 고민이 깊어질 수밖에 없었다. 그런데 구현진의 합류가 기사화되자, 장만호의 고민이 확 사라졌다.

네티즌들은 최종 엔트리 기사를 보고 저마다 한마디씩 남겼다.

└어라? 장만호도 가는 거 아니야?

└당연하지, 참가하지.

└야, 강민오랑 양의진으로 가면 안 돼? 굳이 장만호를 데려가야 하냐?

└구현진의 공이 얼마나 무겁고 날카로운데. 무브먼트도 심해서 장만호가 아니면 못 잡아.

└그런 게 어디 있어? 헛소리하지 마.

└실제로 공을 받게 해봤대. 강민오가 공 10개 중 3개나 뒤로 빠뜨

렸고 양의진도 마찬가지라고 하던대.

　└사실임. 강민오 데려갔다간 전부 알 깐다. 그건 내가 장담해.

　└암만 그래도 구현진 때문에 장만호를 데려가는 게 말이 되냐?

　└그래도 구현진이 두 경기 확실하게 잡아만 주면, 우리 금메달 딸
수 있어. 헛소리들 좀 하지 마.

　└야야, 다 필요 없어. 금메달 따면 다 필요 없다. 우승만 해라!

　└대한민국 2008년 때처럼 전승 우승 가자!

　아카네 역시 혼조와 함께 인터넷과 각종 언론 보도를 통해
구현진에 대한 이야기를 찾고 있었다.

　"오빠는 괜찮아?"

　"뭐가?"

　"오빠도 국가대표가 꿈이잖아!"

　"꿈이지……. 하지만 아직 난 아직 부족한 점이 많잖아. 그
리고 꾸준히 하다 보면 언제가 기회가 오겠지."

　"그래, 오빠. 꼭 기회가 올 거야. 난 믿어."

　혼조는 든든한 동생의 위로에 미소를 지었다.

　그때 아카네의 스마트폰이 울렸다.

　지잉, 지잉!

　아카네가 스마트폰을 확인했다.

　그 순간 아카네의 눈이 커졌다.

"누군데?"

혼조가 궁금증을 가지며 물었다. 그러자 아카네가 놀란 듯 말했다.

"아, 아버님……."

3.

대한민국 야구 대표 팀 최종 엔트리 명단.

감독: 선동인.

코치: 이강출, 이종인, 유지환, 정민칠, 진갑은, 김재훈.

투수: 구현진(에인절스), 양현중(타이거즈), 박세웅(자이언츠), 장현진(다이노스), 임구영(타이거즈), 구참식(다이노스), 김대식(트윈스), 김윤환(타이거즈), 심재윤(위즈), 함덕진(베어스)

포수: 강만오(자이언츠), 장만호(다이노스)

내야수: 박민오(다이노스), 류지은(베어스), 김하성(히어로즈), 최원진(타이거즈), 정운(위즈), 하주민(이글스)

외야수: 이정우(히어로즈), 구자옥(라이온즈), 손아솝(자이언츠) 민병훈(베어스)

구현진은 야구 대표 팀에 합류한 후 간단히 몸을 풀었다.

퍼엉!

미트 박히는 소리가 경쾌하게 들려왔다.

선동인 감독과 코치진들이 구현진이 투구하는 모습을 보며 흐뭇한 표정을 지었다.

"오케이! 현진이는 나무랄 데가 없네. 이대로 컨디션 조절만 잘하면 될 것 같네."

그러자 투수 코치인 정민철이 다가왔다.

"현재 우리 대표 팀 선발진은 구현진, 양현중, 임구영, 박세웅, 장현진입니다. 우리가 상대할 팀은 1차전 일본, 2차전은 중국, 3차전 네덜란드, 4차전 미국, 5차전 쿠바, 6차전 대만, 마지막 7차전은 캐나다입니다. 예선전에서 구현진은 한 번밖에 나서지 못합니다. 정말 미국전에 내보낼 생각이십니까? 제 생각은 최대한 결승전에 맞춰서 사용해야 할 것 같은데요."

"아니야, 미국전에 내보네. 현진이는 충분히 컨디션 조절할 거야."

선동인 감독은 구현진의 대한 믿음이 확고했다.

그러자 이강출 수석 코치가 나섰다.

"감독님, 투수 코치의 말대로 미국전보다 5차전 쿠바전이 더 낫지 않을까요?"

"맞습니다. 어차피 1차전은 또 일본전입니다. 양현중이 선발로 대기하고 있습니다. 미국전에 구현진이 나오면 결승전까지 너무 쉽니다. 컨디션 조절에 애를 먹을 수 있습니다."

선동인 감독은 잠시 고민했다. 그리고 코치진들을 보며 말했다.

"일단 미국이나, 쿠바전에 내보내는 걸로 하자. 당사자의 의견도 중요하니까."

"네, 알겠습니다, 감독님."

1차 예선에는 일본 킬러 양현중을 내세울 생각이었다.

2차전 중국은 임구영, 3차전 네덜란드를 박세웅. 이런 식으로 맞췄다.

하지만 4, 5차전은 아직 정하지 않았다. 구현진을 언제 투입할지 정하지 못했기 때문이었다.

하지만 선동인 감독은 머릿속으로 이미 미국전에 투입할 구상을 짜놓은 상태였다.

그리고 기자들은 그 사실을 모르기 때문에 추측성 기사들이 쏟아져 나왔다.

[선동인 감독, 구현진의 활용 방안은? 미국전 투입 후 준결승? 아님 결승전?]

[준결승전 확실한 카드로 구현진을 활용할 계획!]

[과연 선동인 감독의 선발진 구상은 어떻게 되어 있을까?]

모든 추측성 기사들이 쏟아져 나왔다. 이 와중에 선동인 감독하고 친한 기자가 기사를 올렸다.

[구현진 예선전 미국에 투입, 그리고 결승전을 맡을 예정!]

이 기사를 통해 구현진의 활용 방안이 나왔다.

기자들은 선동인 감독과 인터뷰를 시도했다.

"감독님 이번에도 전승 우승 가능하십니까?"

"그건 1차전이 관건입니다."

"그 말씀은 1차전 일본을 이기면 전승 우승도 가능하다는 말씀입니까?"

기자의 집요한 질문에 선동인 감독은 모호한 답변만 내놨다.

"글쎄요⋯⋯."

선동인 감독은 말을 아꼈다.

기자들은 모호한 대답에 답답해했으나 몇몇 팬들은 선동인 감독의 말에 고개를 끄덕였다.

1차전에서 일본을 잡으면 그 기세를 이끌어 전승 우승에 도전하겠다는 의지를 표명한 것이었다.

그러나 선동인 감독의 뜻을 곡해한 기자들은 구현진의 선발 경기를 미국전과 준결승전으로 오보하게 되었다.

그렇다고 대표 팀으로서도 굳이 기사를 정정하진 않았다.

그렇게 시간은 흘러 일본과 예선 1차전이 벌어졌다.

예선 첫 경기, 첫 단추를 잘 끼워야 했다.

선발로 양현중을 내세운 대한민국과 일본은 초반부터 투수 전 양상을 띠었다.

그러나 6회 말, 이때까지 총 2피안타만을 기록한 양현중이 2사까지 잡은 뒤 맞이한 다음 타자를 볼넷으로 내보낸 것이 화근이 되었다.

다음 타자 아로이 타미라에게 투 런 홈런을 맞으면서 선취점 을 내주었다.

-아아, 홈런입니다. 양현종 선수 잘 던지다가 실투 하나로 투 런 홈런을 맞습니다.

-바로 전에 볼넷을 내줬던 것이 문제였습니다. 투 스트라이 크까지 잡아놓고 연달아 볼넷을 허용했습니다.

-하지만 풀 카운트에서 바깥쪽 꽉 찬 공이 스트라이크로 불 리지 않았어요. 지금 봐도 분명 스트라이크인데 말이죠.

-지금 심판은 대만 심판인데 아무래도 스트라이크존이 들 쑥날쑥한 것 같죠?

-하지만 일본 측에는 잘 잡아주고 있어요. 유독 우리 대한 민국 선수에게만 스트라이크존이 짠 것 같습니다.

-뭐, 홈 어드밴티지라고 볼 수 있겠죠. 어쨌든 대한민국 선수들, 남은 3회 동안 만회하는 점수를 내주길 바랍니다.

-아, 아쉽게도 양현중 선수가 6회를 마치지 않고 교체가 되는군요.

양현중을 대신해 올라온 구참식이 한 타자를 잡고 내려갔다. 2 대 0으로 끌려가는 사이 7회 초 대한민국 공격이 시작되었다.

이때 대한민국은 이정우의 안타로 출루한 후 보내기 번트를 시도했다. 이정우가 2루에 안착한 후 김하성이 바뀐 일본 투수 오다 스즈키를 상대로 관중석 상단에 꽂히는 큼지막한 투 런 홈런을 때려냈다.

이로써 2 대 2 동점을 만들게 된 대한민국이었다.

그 기세는 8회까지 이어졌다. 7회 말 공격을 잘 막은 대한민국은 8회 초 바뀐 투수 아라이 타기미로를 상대로도 안타를 만들기 시작했다.

특히 2사 1, 2루 상황에서 대타 정운을 내세웠다.

정운은 리그에서 절정의 타격감을 유지하고 있었다. 감독의 믿음에 보답이라도 하듯 적시타를 때려내며 스코어를 3 대 2로 역전시켰다.

당황한 아라이 타기미로는 연이어 실수를 저질렀다. 아라이

타기미로의 폭투와 손아솝의 적시타로 대한민국은 순식간에 2점을 더 보탰다.

결국 8회 초에만 3점을 내면서 경기를 5 대 2로 이끌었다.

아라이 타기미로는 결국 강판당했고, 대한민국 역시 더 이상 점수를 뽑진 못했다.

그리고 8회 김대식과 9회 마무리 함덕진을 투입하며 일본의 타선을 틀어막았다.

결국 일본과의 예선 1차전은 5 대 2로 승리를 거두게 되었다. 일본은 홈 첫 경기에서 대한민국에게 잡히며 또다시 수모를 당하게 되었다.

응원석에 있던 일본 응원단들은 일제히 침묵했다.

반면 3루 측 한편에 마련된 대한민국 응원단들은 대한민국을 연호하며 태극기를 흔들었다.

대한민국은 예선 1차전을 승리하며 전승 우승을 향해 첫 단추를 잘 끼웠다.

그래서일까?

다음 2차전 중국전도 무난하게 넘어갔다. 임구영을 선발로 내세운 대한민국은 중국을 난타하며 7 대 0으로 승리를 거두었다.

그리고 하루 휴식 후 3차전 네덜란드와의 대결이 펼쳐졌다.

자이언츠의 에이스 박세웅이 나서며 7이닝 무실점 호투를 펼쳤다. 대한민국은 3 대 0으로 또다시 승리하며 연승가도를 달렸다.

그리고 마침내 대망의 4차전 미국전이 다가왔다.

전날 미국전 선발은 구현진으로 낙점된 상황이었다. 4차전이 벌어지는 도쿄돔에는 이미 수많은 관중과 기자들로 빼곡했다.

구현진이 운동장에서 가볍게 몸을 풀었다. 그 모습을 지켜보는 미국 팀은 긴장한 얼굴로 지켜보았다.

특히 미국 대표 팀 감독은 구현진을 매섭게 노려보았다.

"구현진이 잘 던지는 것은 알고 있다. 하지만 우리도 많이 상대해 봤고, 집중하면 전혀 못 잡을 것도 없다."

미국 대표 팀 감독은 더그아웃에 있는 선수들을 독려했다.

하지만 그렇게 효과적이지는 못했다. 선수들은 그렇지 않았다. 메이저리그 최정상급 투수를 상대로 감히 공을 건드릴 수나 있을지 의문이 들었다.

"그냥 메이저리그에 있지, 뭐 한다고 올림픽에 참가해서는⋯⋯."

"일부러 올림픽에 참가하기 위해 마이너리그에 내려갔대."

"정말이야? 완전 나쁜 놈이네⋯⋯."

"맞아, 우리는 메이저리그에 올라가지도 못하는데."

"부러운 새끼⋯⋯."

그러거나 말거나 미국 대표 팀 감독은 계속해서 선수들을 독려했다.

"절대 주눅 들지 마! 너희는 충분히 저 녀석을 공략할 수 있어."

짝짝!

"자자, 할 수 있다! 할 수 있어!"

미국 감독은 박수까지 치며 더그아웃을 돌아다녔다.

하지만 선수들은 아무도 동조하지 않았다.

미국 팀 감독 뒤에서 선수들끼리 중얼거렸다.

"감독님이 뭐라는 거야?"

"냅둬! 저렇게라도 해야 좀 편한가 보지. 그보다 구현진 공 던지는 거 봤냐?"

"봤지. 도저히 엄두가 안 나던데."

그중 한 녀석이 다른 동료들을 보며 물었다.

"야, 구현진 상대해 본 사람 있어?"

그러자 몇 명이 손을 들었다.

질문한 선수가 눈을 반짝이며 곧바로 물었다.

"어땠어?"

"기억이 안 나!"

"왜 기억이 안 나?"

"그게 타석에 들어섰거든?"

"어!"

"삼진 먹고 나갔어."

"이런 망할! 다른 녀석은?"

"나 구현진 공 쳐본 적 있어."

"오오, 그래?"

모두의 시선이 그곳으로 향했다.

"초구에 공이 가운데로 들어왔는데 나도 모르게 그냥 휘둘렀어."

"그래? 안타였어? 2루타?"

"아니, 투수 앞 땅볼."

"에이……."

선수들은 저마다 실망한 표정을 지었다. 그러면서도 어떻게 하면 구현진의 공을 상대해야 할지 고민했다.

경기가 시작되었다.

미국 대표 팀 1번 타자가 들어섰고 구현진이 초구를 던질 준비를 했다.

장만호가 미트를 들고 공을 기다렸다.

따악!

구현진이 던진 초구를 1번 타자가 휘둘러 안타를 만들었다. 그냥 무조건 휘둘렀던 것이 운 좋게 중견수 앞 안타가 되었다.

"와아아아!"

"칠 수 있어!"

"저, 저 녀석……."

미국 팀 더그아웃 분위기가 한순간에 올라갔다. 미국 팀 감독은 흐뭇한 얼굴로 고개를 끄덕였다.

"거 봐! 칠 수 있다고 했지."

미국 대표 팀 감독의 거만한 표정을 본 장만호가 구현진을 향해 소리쳤다.

"야, 인마! 너 마이너리거 상대로 안타를 맞으면 안 되잖아! 에인절스 에이스 구현진 어디 갔어?"

"미안, 미안. 실수했네."

"신경 써서 던져! 이제부터 까다롭게 갈 테니까."

"그래."

구현진은 글러브를 두어 번 '팡팡' 친 후 마운드를 골랐다. 장만호가 미트를 들었다.

구현진의 공이 날카롭게 들어가며 미트에 꽂혔다.

퍼엉!

"스트라이크!"

심판이 우렁차게 세 번째 스트라이크를 외쳤다.

구현진은 다음 타자를 삼구삼진으로 잡아버린 것을 시작으로 삼진 쇼를 펼쳤다.

구현진의 압도적인 피칭에 초반 좋았던 미국 팀의 분위기는 절망적이 될 수밖에 없었다.

7이닝 동안 구현진이 잡아낸 삼진은 무려 15개였다. 엄두조차 낼 수 없는 구위를 선보인 구현진으로 인해 미국 대표 팀은 그야말로 전의를 상실할 수밖에 없었다.

-구현진! 정말 대단합니다. 도대체 구현진 선수, 몇 개의 삼진을 잡아내는지 모르겠습니다.

-7이닝 동안 무려 15개의 삼진을 잡아냈어요. 하물며 투구 수도 100개를 넘지 않았습니다.

-이게 가능합니까? 가능해요?

-그야말로 메이저리그 톱 클래스의 진면목을 유감없이 보여 주는 경기였습니다.

-압도적이에요.

그 뒤에 나온 구원진들이 구현진의 역투를 이어가, 전의를 상실한 미국을 깔끔하게 막았다.

미국을 상대로, 대한민국은 4차전을 3 대 0으로 승리를 장식했다.

이로써 4전 4승. 대한민국이 1위를 달리고 있었다.

그 뒤를 미국, 일본, 쿠바가 이었다. 4개 팀이 본선에 진출할 것이라는 전문가들의 예상대로였다.

하지만 무엇보다 놀라운 것은 대한민국 팀의 저력이었다.

압도적인 실력 차이를 보이며 전승을 향한 시동을 켜고 있었다.

-지금 상황이라면 대한민국이 1등으로 본선에 올라갈 확률이 높아요.

-네, 그렇죠. 그럼 준결승 상대는 4위가 될 가능성이 높은데 말이죠. 항간에는 이런 소문이 났어요.

-네? 어떤 소문이죠?

-미국, 쿠바, 일본이 준결승전에서 대한민국을 피하기 위한 싸움을 벌이고 있다는 것이죠.

-아, 그래요? 하하하, 이게 말이나 됩니까? 야구 하면 알아주는 나라들이 우리 대한민국을 피하고 있다네요. 소문일 뿐이라 해도 기분이 좋네요.

-하핫. 저도 믿기지 않습니다. 하지만 이것이 지금 현 올림픽의 현실입니다.

-정말 대단합니다, 대한민국 야구 대표 팀! 자랑스럽습니다!

중계진의 예상대로 일본, 미국, 쿠바 3개 나라는 눈치 싸움을 하고 있었다.

어떻게든 2, 3위 안에 들기 위해 총력전을 펼쳤다.

그 와중에 한 팀이 희생양이 되고 있었다.

쿠바였다.

5차전 쿠바를 상대하게 된 대한민국은 장현식을 내세워 경기 초반, 살짝 고전했다.

하지만 4회 말 타선이 폭발하면서 결국 게임은 대한민국의 5 대 2 승리로 마무리되었다.

이로써 대한민국은 5전 전승이었고, 리그 우승 매직 넘버가 0이 되었다.

마지막 남은 대만과 캐나다전을 빼고도 리그 우승을 차지하게 되었다.

대한민국에 패배한 쿠바는 그 뒤로 정신을 차릴 수 없었다. 미국과 일본을 연이어 만나 모두 패하고 말았다.

마지막 약체 네덜란드에게까지 패하면서 3승 4패를 기록. 아마 최강이라던 옛 명성이 무색하게 예선에서 탈락하고 말았다.

이로써 본선 출전 팀은.

1위 대한민국 7승.

2위 일본 6승 1패.

3위 미국 5승 2패.

4위 네덜란드 4승 3패.

이렇게 네 팀이 올라가게 되었다.

준결승 대진표
1경기 대한민국 vs 네덜란드
2경기 일본 vs 미국

네덜란드는 본선에 진출하면서 메달을 딸 가능성이 커졌다. 이에 네덜란드 야구 팬들이 잔뜩 기대감을 가지게 되었고, 언론은 그것을 반영하듯 서둘러 네덜란드 대표 팀 감독에게 인터뷰를 청했다.

-내일 준결승전에 구현진이 나온다면 최선을 다해서 경기에 임하겠다. 우린 준비가 되어 있다. 구현진을 공략 목표로 삼겠다.

이런 식의 인터뷰를 하였고, 대한민국 선동인 감독은 담담하게 말했다.

-연습한 대로 준비를 마쳤다. 그리고 내일 마운드에 오를 박

세웅 선수의 건투를 빈다.

그 순간 기자들은 웅성거렸다.

정상적인 로테이션대로라면 네덜란드전 선발 투수는 구현
진이 되어야 했다.

그런데 자이언츠의 안경잡이 에이스 박세웅을 내세운 것이다.

물론 박세웅도 뛰어난 투수였다. 예선전 때도 네덜란드를
상대로 빼어난 투구를 펼쳤다. 하지만 준결승전이라는 중요한
경기에서 대한민국의 에이스라 할 수 있는 구현진, 양현종을
두고 그를 올리는 것이 의외였다.

언론들은 그야말로 난리가 났다. 전혀 예상치 못한 선발에
너도나도 뒤통수를 맞은 기분이라며 말했다.

다만 네티즌들은 예상한 분위기였다.

└난 예상했어. 결승전을 향한 밑거름이지.

└아무렴, 구현진은 결승전에 나가야지.

└이야, 역시 선동인 감독이야. 준결승전은 이미 통과한다고 생각한
다는 거 봐. 안중에도 없다는 거지.

└저 배짱! 역시, 왕년에 리그를 씹어 먹던 그 사람이라니까.

└준결승을 넘어 전승 우승을 향한 모든 밑그림이 만들어졌다. 박세
웅 잘하자!

커뮤니티 사이트마다 네티즌들의 응원이 올라왔다. 박세웅은 자신을 응원하는 댓글을 보고 잔뜩 부담되었다.

"후우…… 미치겠네."

박세웅이 자신의 방을 나와 휴게실에 들어갔다.

마침 구현진도 있었다.

"어? 선배님……."

"여기서 뭐 해?"

"그냥 방이 답답해서요. 그럼 선배님은요?"

"나도 뭐……."

박세웅이 뒷머리를 긁적이며 자리에 앉았다.

그사이 휴게실 TV에서는 내일 선발로 출전할 박세웅에 대한 이야기가 나오고 있었다.

"야, 저거 봤어?"

"아, 신경 쓰지 마세요."

"신경 안 쓰게 생겼냐. 저 새끼들 너 안 나오고 내가 나온다고 하니까 날 잡아먹으려 든다. 봐봐, 저 눈빛들……."

"에이, 왜 그러세요. 선배님, 잘 던지잖아요."

"……준결승이잖아. 아, 미치겠네. 진짜 떨린다. 있잖아, 나 중간에 흔들리면 너 바로 구원 등판해 줘야 한다."

"걱정 마세요. 몸 풀고 있겠습니다."

구현진이 두 팔을 불끈하며 다짐했다.

그 모습을 본 박세웅이 살짝 민망한 얼굴이 되었다.

"야, 농담으로 한 말에 그렇게 반응하면 어떡하냐?"

"헤헤헤."

"야, 그러지 말고 응원이나 해라."

"선배님, 내일 완봉하실 겁니다."

"정말?"

"그럼요. 제가 기운을 팍팍 불어넣어 드릴게요."

"짜식, 고맙다."

그리고 그다음 날 마운드에 오른 박세웅은 잠시 호흡을 골랐다.

'아이 씨! 괜히 완봉한다고 했나? 올해 리그에서도 완봉한 적이 없는데.'

박세웅은 그 생각과 함께 네덜란드 선수들을 상대했다.

그런데 오늘따라 공이 손에 착 감겼다. 결정구인 포크볼은 원하는 대로 떨어졌다.

게다가 네덜란드 타자들까지 공격적인 자세로 나오며 박세웅을 도와주고 있었다.

"어라? 오늘 뭔가 될 듯한데."

박세웅은 2회부터 편안하게 공을 던졌다. 초구부터 적극적으로 나선 네덜란드 타자들은 그 뒤로 박세웅의 공을 공략하지 못했다.

잘 맞은 공도 모두 야수 정면으로 향했다. 신이 난 박세웅은 정말 가볍게 공을 던졌다.

그 결과 3회까지 던진 공이 20개밖에 되지 않았다.

박세웅은 점점 자신감이 붙기 시작했다. 마음의 짐을 잊은 박세웅은 각성을 했는지 던지는 공마다 네덜란드 타자들의 방망이를 헛돌게 만들었다.

-오오, 스윙 아웃! 오늘 박세웅 선수 왜 이러죠?

-오늘 박세웅의 투구는 마치 신들린 것 같습니다.

-구현진 선수의 투구에 자극을 받았을까요?

-아무래도 박세웅 선수가 각성한 것 같습니다.

결국 박세웅은 자신이 예견한 대로 5 대 0 완봉승을 거두었다. 그리고 승리 투수가 된 박세웅을 인터뷰하기 위해 기자들이 모여들었다.

"국제 대회에서 완봉승을 거두었는데요. 이 영광을 누구에게 돌리고 싶으신가요?"

약간 상기된 박세웅은 히죽 웃으며 말했다.

"구현진에게 돌리고 싶습니다."

"구현진 선수요?"

"네, 구현진의 응원이 있었기에 가능했습니다. 현진아, 이제 네 차례다!"

박세웅이 사랑의 총알이라도 쏘듯 제스처를 취했다.

순간 기자들이 벙찐 모습이 되었다.

한편, 반대편에서 준결승전을 치른 일본과 미국은 치열한 접전을 펼쳤다. 끝끝내 홈 팀의 어드밴티지를 업고, 일본이 가까스로 승리를 거두었다.

경기는 9회까지 치열한 공방 끝에 2 대 2로 무승부가 되었다. 결국 10회 승부치기 끝에 3 대 2로 일본이 승리를 차지하게 되었다.

하지만 이 과정에서 심판의 석연치 않은 판정이 나왔다.

투아웃 1, 2루에서 스티브의 안타로 2루 주자가 홈에 들어왔다. 누가 봐도 세이프가 되는 상황이었지만 쿠바 심판은 아웃을 선언했다.

중계진 화면으로 봐도 세이프였다.

그렇지만 판정이 번복되는 일은 없었다.

명백한 오심이었다.

결국 10회 말 번트로 주자 2, 3루 상황에서 아오키 나사이의 안타로 일본이 3 대 2 승리를 거두며 결승전에 올랐다.

이 경기를 두고 모든 언론이 과도한 홈 어드밴티지라며 질타를 보냈고, 일본과 미국의 준결승전은 2020년 도쿄 올림픽의 오점으로 남는 경기가 되었다.

미국의 언론들이 대한민국을 응원하게 된 데는 이러한 이유가 있었다.

[메이저리그의 신성! 구현진 선수가 일본을 응징할 것이다!]

선수단 분위기 역시 대한민국이 우월했다.

물론 도쿄 돔에 있는 관중의 80%는 일본인이었다.

하지만 그 응원의 열기와 기세만큼은 대한민국이 더 높았다.

마운드에 오른 구현진은 가볍게 몸을 풀었다. 심판이 경기 시작을 알리고, 구현진은 일본의 1번 타자를 상대했다.

펑, 퍼엉! 펑!

구현진은 시작부터 159㎞/h의 빠른 공으로 삼구삼진을 잡아내며 산뜻하게 출발을 보였다.

구현진의 삼진 쇼를 예고하는 듯했다. 3번째 타자마저 삼진으로 잡아낸 구현진은 가벼운 걸음으로 마운드에서 내려왔다.

삼진을 당한 일본 타자는 더그아웃으로 가며 고개를 절레 절레 흔들었다.

-아, 드디어 구의 쇼가 시작되었습니다.

-아직 1회 초지만 압도적이네요. 과연 일본 선수들이 160㎞/h의 강속구를 때려낼 수 있을까요?

-사실 저는 구현진 선수가 오늘 삼진을 몇 개를 잡을지 그게 궁금합니다.

-하하, 저도 그렇습니다.

한편 일본 중계진은 자국팀을 응원하며 편파 해설을 했다.

-아, 구현진 선수의 공이 빠르긴 해도 충분히 공략해 낼 수 있는 수준이거든요. 끝까지 물고 늘어져야 합니다.

-그렇습니다. 포기하지 않으면 됩니다. 우리에게도 구현진 못지않은 투수가 있어요.

-맞습니다. 오타니 쇼이가 잘 막아줄 것입니다.

이렇듯 양 팀 다 자존심 대결을 벌이고 있었다.

구현진은 6회까지 단 한 개의 안타도 허용하지 않았다. 사사구조차 없이 퍼펙트 경기를 펼치고 있었다.

큰 경기에 더 강하다는 인상을 팍팍 심어주고 있었다.

일본 역시 오타니 쇼이를 내세워 대한민국 타자들의 방망이를 유도했다.

하지만 스코어는 1 대 0으로 대한민국이 리드 중이었다.

3회 초 이정우가 몸쪽으로 날아오는 패스트볼을 롱타, 좌중월 솔로 홈런으로 만든 것이었다.

하나 이 한 점이 대한민국의 유일한 득점이었다.

그것을 구현진은 끝까지 지켜냈다.

어깨가 달아오르기 시작한 구현진을 막을 방법은 없었다. 일본 대표 팀 타자들은 속수무책으로 아웃되었고 그나마 나온 안타도 이어지질 못했다.

그렇게 9회까지 마운드를 지킨 구현진은 도쿄 올림픽 결승전에서 2안타 완봉승을 거두었다. 투구수는 총 112개, 삼진은 무려 17개를 잡아냈다.

구현진이 마지막 타자를 삼진으로 잡아내며 두 손을 높이 치켜들었다.

-와아아아아! 대한민국 금메달! 대한민국이 금메달을 따냈습니다.

-정말 대단합니다. 2008년도에 이어 다시 부활한 2020년 도쿄 올림픽에서도 전승 우승을 기록합니다!

-대단합니다. 정말 대단합니다! 우리 대표 팀 선수들 너무나도 자랑스럽습니다! 구현진 선수, 정말 기뻐하고 있는데요! 저 어린 선수가 이렇게까지 무서운 선수로 성장할지 그 누가 예상

했겠습니까!

도쿄 올림픽 우승으로 대한민국은 뜨거웠다.

야구가 있어서 즐거웠고, 선수들이 흘린 땀에 안타까워했다.

하지만 결국 금메달이라는 값진 것으로 돌아왔다.

대한민국 국민들은 구현진이 있어 행복했다.

4.

대한민국 야구 대표 팀이 김포 공항을 통해 입국했다. 금의환향한 선수들은 밝은 표정으로 게이트를 통과하고 있었다.

모두 목에 금메달을 걸고 있었다.

엄청나게 몰려든 기자로 인해 대표 팀 선수단은 어마어마한 스포트라이트를 받았다.

곧바로 야구 대표 팀의 인터뷰가 잡혔다. 그런데 기자들 모두 어리둥절한 표정을 지었다.

야구 대표 팀의 주인공인 구현진이 자리에 없었기 때문이었다. 기자들은 곧바로 구현진 선수에 대해 물어보았다.

"구현진 선수는 어디 있나요?"

그때 에이전트 박동희가 나섰다.

"먼저 죄송하다는 말씀을 드리겠습니다. 지금 구현진 선수는 메이저리그 경기 때문에 곧바로 미국행 비행기에 올랐습니다. 미리 알려 드리지 못해 양해의 말씀을 드립니다."

박동희의 말에 기자들은 일제히 아쉬운 표정을 지었다.

사실 모든 방송사가 구현진에게서 인터뷰를 따기 위해 애를 쓰고 있었다.

"아, 이건 좀 실망인데……."

"그러게. 위에서 인터뷰를 따 오지 않으면 복귀하지 말라고까지 했는데."

기자들의 불만 어린 목소리가 여기저기서 나왔다.

그때 주장 강민오 선수가 마이크를 잡았다.

"여기요, 기자님들? 대표 팀 선수는 구현진 혼자입니까? 우리는 안 보여요? 현진이 몫까지 우리가 인터뷰할 테니까 지금은 우리에게 집중해 주시죠."

주장 강민오의 말에 기자들의 시선이 돌아갔다.

그리고 여기저기서 질문이 쏟아졌다.

한편, 그 시각 구현진은 미국행 비행기에 몸을 실었다.

퍼스트 클래스좌석에 앉은 구현진은 피곤함 때문에 곧바로 눈을 감았다.

그리고 잠시 후, 누군가의 목소리에 눈을 떴다.

"저, 저기……."

구현진이 곧바로 자리에서 일어났다.

"아, 죄송합니…… 응?"

구현진은 앞에 서 있는 여자를 보고 눈을 크게 떴다.

"아, 아카네……."

"오빠."

아카네가 환한 얼굴로 구현진을 내려다보고 있었다. 그녀는 조심스럽게 구현진 옆에 앉았다.

구현진은 반가우면서도 어리둥절한 표정을 지었다.

"아카네, 어떻게 된 거야?"

"오빠 보려고 왔죠."

"나를? 그보다 언제 왔어?"

"음, 3일 전에?"

"3일 전? 어디 있었는데……."

"부, 부산에요."

"부산? 그럼 아버지랑?"

구현진이 놀라며 소리쳤다.

아카네는 수줍은 듯 고개를 숙였다.

"아니, 어떻게 된 거야? 자세히 말해봐."

"그게요. 아버님께서 오빠 나오는 경기 혼자 보기 힘들다고 같이 보자고 하셔서요."

"아버지께서? 아니, 그렇다고 부산까지 부르셨다고?"

"네, 재밌었어요."

"아니, 이 아저씨가 진짜."

구현진은 어이가 없어 아카네에게 그때의 일을 자세히 물었다.

아카네는 아버지와 지냈던 일을 떠올렸다.

아버지는 아카네가 해준 음식을 아주 맛나게 먹었다.

"우리 아가가 이렇게 요리를 잘할 줄은 몰랐다."

"호호, 아버님께서 맛있게 드셔주니까 저도 기뻐요. 이것도 한번 드셔보세요."

"허허허, 그래? 이야, 정말 맛이 좋구나. 그보다…… 너희 날짜는 언제로 잡을 끼고?"

"날짜요? 무슨……?"

아카네가 어리둥절한 표정을 지었다. 그러자 아버지가 곧바로 말했다.

"뭐긴 뭐꼬. 니들 결혼 날짜지!"

"네? 겨, 결혼요?"

"하모, 결혼 날짜! 시아버지가 일본에 함 갈까?"

"어머! 아버님! 호호호."

이랬던 것을 떠올리자 저도 모르게 얼굴이 붉어졌다.

'결혼…… 이라니.'

아카네는 부끄러워 어쩔 줄을 몰랐다.

그러나 아카네가 대답도 없이 발갛게 달아오른 얼굴을 푹 숙이고 있자 구현진은 더욱 답답해질 뿐이었다.

'아직 결혼도 안 했는데 벌써부터 오라 가라야. 아카네가 착해서 그렇지, 안 그랬으면 어쩔 뻔했어?'

그리고 그런 두 사람의 행복한 모습을 찍고 있는 카메라가 있었다. 얼마 가지 않아 구현진과 아카네가 함께 찍힌 사진이 SNS를 통해 퍼져 나갔다.

└어? 꽤 귀여운 여자네.

└그런데 누구지? 연예인은 아닌데?

└연예인보다 귀엽구먼.

└역시 운동은 잘하고 봐야 해. 저렇게 예쁘고 귀여운 여자친구를 얻을 수 있으니까.

└그럼 님도 운동을 하세요.

온 세계가 구현진과 아카네의 열애설로 뜨거워졌다. 그리고 두 사람이 미국 집에 도착했을 때 혼조가 무서운 얼굴로 두 사람을 바라봤다.

"오빠, 우리 왔어."

"혼조! 나 왔어!"

혼조의 분위기가 심상치 않았다.

아카네가 눈치를 살피며 조심스럽게 물었다.

"오, 오빠. 왜 그래?"

"아카네는 잠시 저리 가 있어."

혼조가 스마트폰으로 구현진에게 내밀었다.

"야, 어떻게 할 거야? 어떻게 할 거냐고!"

"야, 뭔데 오랜만에 만난 친구한테 다짜고짜 성질부터 내는 거…… 어?"

구현진은 SNS에 올라온 자신과 아카네의 사진을 봤다. 그러더니 사진으로 찍힌 아카네를 보며 헤벌쭉 웃었다.

혼조의 표정이 더욱 험상궂어졌다.

"야! 지금 나 심각한 거 안 보여? 내 동생 시집 다 갔다고, 인마!"

"야."

"뭐!"

"아카네, 예쁘지 않냐? 사진으로도 예쁘네."

"……뭐?"

"시집 다 가기야 했지. 아니, 내가 아카네 말고 누구랑 결혼하는데? 안 그래 처남?"

"뭐, 뭐라고? 처, 처남? 이게 진짜⋯⋯!"

순간 욱했던 혼조가 소리를 지르려 할 때, 구현진이 씩 웃으며 혼조의 팔을 툭 하고 쳤다.

그 행동이나, 구현진의 눈빛에서 혼조는 구현진이 진심이라는 것을 느낄 수 있었다.

"⋯⋯울리기만 해봐. 가만 안 놔둔다."

"그래, 고맙다."

두 사람의 대화를 몰래 엿듣고 있던 아카네가 수줍게 고개를 숙였다.

"잘 부탁한다."

"나도. 잘 부탁해."

구현진과 혼조 두 사람이 악수를 나눴다. 그러다가 혼조가 조심스럽게 구현진에게 다가와 속삭였다.

To Be Continued

흙수저 판타지 장편소설

회귀자
사용설명서

어느 날, 이세계로 소환되었다.

짐승들이 쏟아지고, 믿을 수 없는 위기가 닥쳐오나.
가지고있는 재능은 밑바닥.

[플레이어의 재능수치는 최하입니다.]
[거의 모든 수치가 절망적입니다.]

선택받은 용사든, 재능 있는 마법사든,
시간을 역행한 회귀자든.
모든 것을 이용해야 한다.

살아남기 위해.

"쓰레기면 뭐 어떻습니까. 살아남기 위해서
뭔 짓인들 못 하겠어요?"

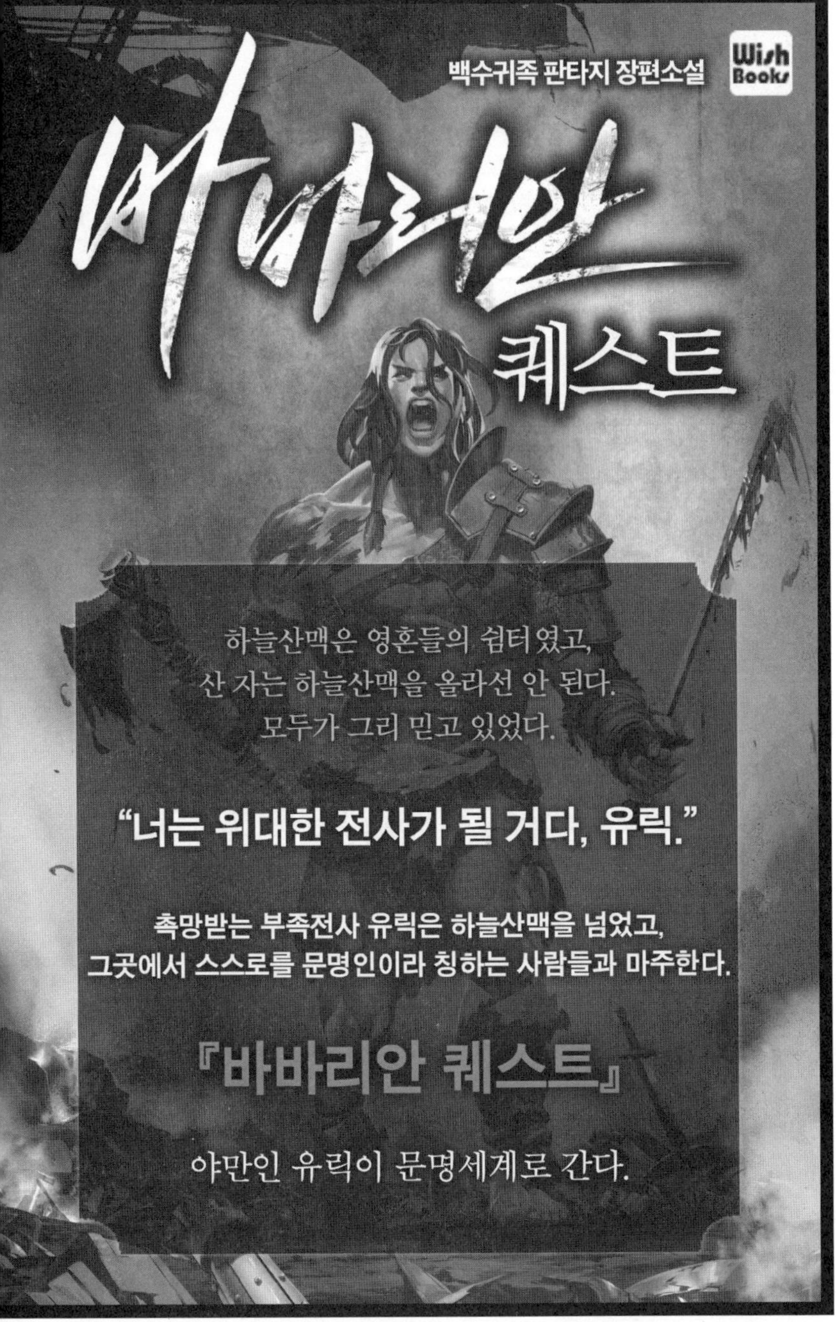

백수귀족 판타지 장편소설
Wish Books
바바리안 퀘스트
하늘산맥은 영혼들의 쉼터였고,
산 자는 하늘산맥을 올라선 안 된다.
모두가 그리 믿고 있었다.
"너는 위대한 전사가 될 거다, 유릭."
촉망받는 부족전사 유릭은 하늘산맥을 넘었고,
그곳에서 스스로를 문명인이라 칭하는 사람들과 마주한다.
『바바리안 퀘스트』
야만인 유릭이 문명세계로 간다.

마운드 위의 절대자

디다트 현대 판타지 장편소설

WISHBOOKS MODERN FANTASY STORY

야구선수를 꿈꾸는 이들에게는
크게 세 가지 고비가 온다고 한다.

재능, 부상, 그리고 돈.

고등학교 2학년 때까지 야구선수를 꿈꾸었던,
그리고 그것이 자신의 인생의 전부였던 이진용.

세 가지 고비의 벽 앞에서 야구선수를 포기하고
현실에 순응하고 살아가던 진용의 앞에.

[베이스볼 매니저를 시작합니다.]
- 너 내가 보이냐?

다른 사람의 눈에는 보이지 않는
특별한 것이 보이기 시작했다.